LES ROSES DE LA SOLITUDE

Jacqueline de Romilly, professeur de grec ancien, a enseigné dans différents lycées, puis à la faculté de Lille, à l'École normale supérieure, à la Sorbonne. Elle a été la première femme professeur au Collège de France et la première femme membre de l'Académie des inscriptions et belles-lettres. Elle a été élue à l'Académie française en 1988. Jacqueline de Romilly est décédée en décembre 2010.

Paru dans Le Livre de Poche :

Dans le jardin des mots
Les Grands Sophistes dans l'Athènes de Périclès
Laisse flotter les rubans
Pourquoi la Grèce ?
Les Révélations de la mémoire
Le Sourire innombrable
Sous des dehors si calmes
Le Trésor des savoirs oubliés

En collaboration avec Alexandre Grandazzi :
Une certaine idée de la Grèce

En collaboration avec Monique Trédé :
Petites leçons sur le grec ancien

JACQUELINE DE ROMILLY
de l'Académie française

Les Roses de la solitude

ÉDITIONS DE FALLOIS

ISBN : 978-2-253-12210-4 – 1re publication LGF

Préface

Le titre de ce recueil n'est pas de moi : il est emprunté à un poème d'un auteur qui m'a toujours été cher, Tristan Derème. Ce poème figure dans *La Verdure dorée,* sous le numéro 128, et commence par les mots « Mes trompettes adolescentes ont déchiré l'ombre décente… » Il écrit, en effet :

Jean Pellerin, Jean Pellerin,
Pour la gloire j'ai pris le train,
Mais, chanteur ivre de lumière,
Je suis tombé par la portière :
Et me voilà sur le talus,
Là-bas, le train ne paraît plus,
Et je goûte, suave étude,
Les roses de la solitude.

Ce titre m'a paru ouvrir de façon douce et tendre ce livre consacré à des souvenirs qui sont, eux, bien de moi : ce sont les souvenirs qui s'attachent à des objets divers entourant aujourd'hui ma vie quotidienne – je les revendique donc sans hésiter, ainsi que l'idée même de ce livre. Certains amis m'ont dit, ironiquement, en m'entendant parler de mon projet : en somme, vous refaites *Le Voyage autour de ma chambre* de Xavier de Maistre ! Cela est d'autant plus inexact que, je dois l'avouer, je n'avais pas encore lu le livre de Xavier de Maistre. Et il est bien vrai que le cadre est, en gros, le même. Mais la similitude s'arrête là. Xavier de Maistre évoque le souvenir d'une retraite provisoire et involontaire. Le retour sur le passé que l'on trouvera dans ce recueil ne répond à rien de semblable. De plus, il est clair que les souvenirs eux-mêmes, pas plus que la vie dans l'ensemble, ou les tendances, ou les problèmes, ne se ressemblent dans les deux cas. Je salue donc cette parenté imprévue, mais sans pour autant reconnaître ni une dette, ni même une quelconque ressemblance : jamais je n'ai rien écrit qui reflète plus directement ce qui fut pour moi ma vie, et ma vérité.

C'est un livre de rêveries et de souvenirs ; car chaque objet porte, en réalité, le dépôt tangible de ce déroulement d'une vie. Chacun vit entouré de tels objets, liés au passé. D'ordinaire, on les voit à peine ; on y est habitué, on ne fait pas attention. Mais il se trouve que, parfois, à l'occasion de n'importe quoi et d'un simple instant d'attention donné au passage, on retrouve un peu des souvenirs qui, avec les années, s'y sont attachés. C'est une expérience très simple et très singulière. J'ai voulu tenter de la décrire, sans modifier en rien la vérité ; elle est parfois simplette, parfois naïve, mais peu importe : pour une fois j'ai voulu la dire juste comme elle était, sans rien inventer, sans rien ajouter ni corriger. Je devrais sans doute m'excuser de cette indiscrétion, mais de telles expériences n'ont de sens que si elles reflètent quelque chose d'authentique, et si, quitte à être ridicules, elles sont au moins totalement sincères.

Mais que l'on ne se fasse pas d'illusions ! On ne trouvera ici ni anecdotes palpitantes, ni révélations scandaleuses, ni théories « décapantes » ! Ma vérité est plutôt sage, très sage même, mais il faut, je crois, un certain courage pour l'avouer en toute candeur, et en contradiction avec toutes les modes. En fait, je me rappelle une boutade d'il y a des années, lorsque mon mari, qui était dans l'édition, proposait en manière de plaisanterie un titre qui aurait assurément du succès : ce serait l'histoire d'un homme qui coucherait avec sa mère, mais qui, au milieu, apprenant qu'elle n'était pas sa mère, se suiciderait ! Cette boutade disait des modes, qui, déjà alors, commençaient à se répandre : mes souvenirs sont, comme ma vie, à l'opposé de telles modes.

Alors, pourquoi cette obstination pour atteindre la vérité ? Si je devais n'accoucher, en fin de compte, que de si minces confessions, à quoi bon tant d'efforts ? Je dois ici présenter ma seule justification.

L'intérêt qu'il y avait à retenir de tels souvenirs était uniquement de suivre, à cette occasion, le cheminement secret de cette pensée antérieure, qui, peu à peu, s'enroule autour de la première impression, l'enrichit, s'interroge à son sujet, et découvre au moins une partie de la richesse intérieure qui, lors du premier regard, était restée totalement inconsciente.

Au début, ce ne sont que des impressions fugitives qui vous font signe au passage, et que l'on ne remarque même pas : une légère impression de sympathie ou de tristesse, un instant de malaise, une surprise heureuse que l'on n'analyse pas, un vague signe de connivence ou de complicité que vous font les objets familiers. Mais, sitôt que l'on a le temps de s'arrêter, de remarquer, de laisser monter des souvenirs voisins, les questions, les doutes et les joies, cachés tout au fond, montent comme un essaim de toute part, l'un appelant l'autre, tantôt soulevant des questions, tantôt y répondant, mais en fait, nous ouvrant tout un monde, qui nous entraîne en nous-mêmes, de plus en plus profondément.

La solitude liée au grand âge permet alors de transformer ces impressions rapides et superficielles en une série de suggestions, qui se reprennent et se corrigent les unes les autres. C'est comme lorsqu'on tire sur la tige d'une plante grimpante et il en vient, il en vient encore : on en a plein les mains, jusqu'à ce que l'on arrive aux racines elles-mêmes ! Tout cela qui était probablement donné, de façon obscure et inconsciente, dans notre regard rapide et notre impression hâtive, reparaît et s'épanouit : il n'y a qu'à laisser faire, et tout remonte à la surface, donnant un sens à notre vie.

Il faut pourtant le reconnaître : c'est là un terrain fort mouvant. Les mêmes objets, chez la même personne, n'éveilleront pas nécessairement les mêmes souvenirs à des moments différents de sa vie ou même de sa journée. Les souvenirs qui remontent, les problèmes qui se posent, les conclusions que l'on tire : tout est fonction de ce que nous avons vécu récemment et des soucis qui nous animent. Un autre jour, peut-être, tout sera différent. Qui plus est, il est certain que notre attention même vient modifier ce retour des souvenirs et cette apparition des réflexions. Comment éviter que dans ces souvenirs ne se mêle l'apparition d'émotions ou d'expériences plus récentes ? Je vais sans doute déformer les dates, oublier des détails, introduire aussi, peut-être, des éléments étrangers à l'épisode que j'évoque. Comme dans certaines expériences scientifiques, le fait même de regarder avec attention vient modifier ce que l'on regarde. Je vais mentir, sans le vouloir, car on se crée des souvenirs, des problèmes, en fonction de ce que l'on vient de vivre, et qui changent à chaque minute. Comment le savoir ? Cette instabilité même du souvenir m'a paru fascinante. D'ailleurs, je reconnais n'avoir jamais laissé les souvenirs monter librement à la surface : une première impression faisait naître une question, un doute ; et c'est moi qui, alors, tirais le fil, et orientais la marche de la mémoire. Après tout, pourquoi pas ? Ce libre mouvement intérieur si complexe, si subtil et fuyant, illustre mieux encore la richesse de la vie des sentiments.

Car – on l'aura compris – les détours mêmes de ce cheminement intérieur sont pour moi la seule justification de ces quelques essais. Les faits mentionnés sont vrais ; ils ne concernent que moi ; et ils sont fort modestes. Mais le mouvement d'approfondissement que j'ai tenté de décrire ici vaut, au contraire, pour tous. Il représente un élément d'une connaissance commune à tous, valable pour tous, mais qu'il n'est pas toujours donné de percevoir aussi fortement. Après tout, il faut bien que le grand âge ait ses compensations et que la solitude voie fleurir ses roses !

Et ceci me mène à une dernière remarque qui concerne l'esprit même de ces petits essais. Leur ton peut facilement paraître un peu futile et trop aimable ; et leur conclusion peut presque toujours paraître un peu trop optimiste. Il est parfaitement vrai que j'ai délibérément écarté tout ce qui, dans ma vie ou dans mes souvenirs, pouvait paraître plus tragique ou simplement plus douloureux. Peut-être la vraie raison était-elle simplement la pudeur. Mais j'ai eu aussi le sentiment que ce cheminement des souvenirs et leur flottement même, allant de découverte en découverte, se manifestaient mieux pour des événements qui ne s'imposaient pas trop fortement par leur seule nature. J'ai souhaité réunir ici des expériences de tous les jours, de celles qui peu à peu forment une vie, sans fracas et sans drame. J'ai voulu aussi montrer des aspects de notre existence qui se révèlent à nous avec le grand âge, et qui apportent un message non pas de terreur, de contradiction et de désolation, mais de calme et d'espérance. Pour les exemples dramatiques, la littérature actuelle nous a suffisamment bien servis. Mais la paix intérieure, et même la joie peuvent, je crois, triompher, si on les aide à prendre racine et à survivre. Les remarques tendres et légères peuvent être le résultat d'un effort sur soi-même ; et l'euphorie garde son prix en dépit de toutes les modes.

LES CHEVAUX DE L'OLYMPE

Les objets auxquels nous sommes habitués depuis des années ne retiennent plus toujours notre regard. On les voit en passant, sans faire attention, sans les remarquer. Mais, il arrive que, tout à coup, parce qu'on a l'esprit libre, ils deviennent présents ; et ils frappent alors à la porte de notre attention, avec tout un cortège de souvenirs. Ces souvenirs sont le plus souvent à peine conscients. On en sent l'effet, encore imprécis. Ils nous font signe. Et l'on ne mesure pas encore tout ce qui, alors, pourrait revivre et s'épanouir. Il s'agit d'un appel, d'une présence qui se manifeste en surprise, et que nous écartons le plus souvent – mais pas toujours. Ce fut le cas hier après-midi. Je venais de passer un moment sur ma chaise longue, dans un coin de la grande pièce garnie de livres, où s'écoulent presque toutes mes journées : en me tournant légèrement, avant d'aller là où mes occupations m'appelaient, j'ai aperçu tout près de moi, sur ma gauche, à l'étage le plus bas du grand rayonnage qui occupe à cet endroit le mur, mes deux petits chevaux de bronze, les têtes moulées séparément, et mesurant huit à dix centimètres de haut ; elles se font face ; et elles sont montées sur un grand support de plexiglas qui porte une étiquette avec ce titre : « Deux chevaux qui parlent ». L'objet me fut remis il y a bien des années, à la suite d'une conférence que je donnais à Thessalonique, et qui portait précisément sur un cheval qui parle dans la poésie d'Homère.

Cette fois, quand mon regard est tombé sur eux, je sais que j'ai dû avoir un petit sourire de connivence et de sympathie. J'ai ressenti un plaisir imprécis qui m'a, vaguement, paru heureux.

Ce fut un instant, pas plus – le temps d'une légère surprise, comme un clin d'œil inattendu. J'aurais pu l'oublier. Mais le fait est que j'y ai repensé : les souvenirs ensevelis au fond de moi sont remontés à la lumière, en une série d'éclosions de plus en plus riches et foisonnantes. Et, le lendemain, parce que j'avais du loisir, j'ai regardé à nouveau mes chevaux : comme ces fleurs japonaises qui s'ouvrent et se déploient, quand on les a jetées toutes sèches dans un bocal d'eau, tout ce qui s'attachait à mes petits chevaux s'est alors ouvert, miraculeusement.

Et d'abord, sans doute parce que les images concrètes surgissent avant toutes les autres, mes chevaux m'ont ramenée, en pensée, au lieu sacré auquel ils étaient liés ; car, pour couronner cette journée et cette conférence sur la Grèce antique, on m'avait conduite à ce mont sacré de la Grèce : l'Olympe, où résident les dieux.

*

Ce fut le couronnement de cette journée. L'archéologue qui dirigeait les fouilles dans cette région m'avait offert à déjeuner, vers les premiers contreforts de l'Olympe, et m'avait ensuite emmenée, avec la dame qui m'accompagnait, au plus haut que l'on pût atteindre.

Je me souviens si bien, maintenant que j'y pense ! J'avais oublié tout, ou presque ; mais soudain surgit en moi, net comme une photographie, mais présent à tous mes sens, le moment où, enfin, après avoir été dûment secoués dans un chemin peu fait pour les automobiles, et que franchit héroïquement cette voiture « tout-terrain », faite pour l'aventure, la machine s'est arrêtée, laissant place à un silence total.

« La voiture ne va pas plus haut », expliqua l'archéologue.

Nous sommes alors descendus. Les oreilles comme serrées par l'altitude, nous avons reçu en plein visage la fraîcheur de l'air, et sa légèreté, et le sentiment d'être très haut, ailleurs, là où nous ne rencontrerions plus aucun humain. Dans ce silence, seulement un bruissement d'eau, tout proche, pour nous accueillir. Alors, tournant les yeux vers le bord du chemin, à nos pieds, je vis le torrent étroit mais rapide qui descendait entre ces pentes rocheuses ; l'eau courait, transparente, et lançait des reflets mouvants de lumière, en glissant sur les pierres brunies par ce long ruissellement séculaire. Avant même de regarder la montagne elle-même, nous étions fascinés par ce mouvement si vif et cette eau si pure ; ce n'est point là un charme courant en Grèce, mais nulle part ailleurs non plus. Un léger murmure montait de cette gorge et l'on avait le sentiment de respirer l'eau en même temps que l'air. Ce bruit sacré, redécouvert après le fracas du moteur et le heurt des cailloux, nous a d'abord surpris et enchantés. Et puis nous avons levé les yeux. C'était la haute montagne ; mais on ne distinguait pas le sommet, il était caché par ces premières crêtes. N'était-il pas normal que le lieu où résident les dieux fût caché à notre vue ? Ils étaient là-haut, plus haut, hors d'atteinte.

Alors, d'un geste du bras, notre guide nous a montré le ciel où tournoyaient de grands oiseaux et il a murmuré : « Voyez, vous avez même les aigles de Zeus ! »... Nous nous sommes tus : les aigles tournaient lentement, très haut.

Pourquoi cela nous a-t-il à ce point saisis ? Je ne me suis pas posé la question sur le moment ; et même aujourd'hui, je ne saurais pas dire la réponse. Le paysage, c'est vrai, était grandiose. Mais j'ai vu dans ma vie d'autres paysages grandioses qui ne m'ont point laissé une telle impression. Je ne suis même pas certaine d'avoir beaucoup d'affinités pour de tels paysages. Je suis si habituée à la douceur de ma Provence, à la paix de mon jardin et au changement de lumière sur la face toute claire et proche de la montagne Sainte-Victoire. D'ailleurs, il est certain que les paysages qui me sont le plus chers me laissent un souvenir multiple et très doux, plutôt que le saisissement que nous avons éprouvé alors. Faudrait-il donc croire qu'il s'agissait du sentiment que c'était la montagne des dieux ? Certes, je n'y crois plus, à ces dieux ! Je ne crois pas le moins du monde que derrière ces hautes pentes dissimulant le vrai sommet, réside un dieu avec son cortège sacré. Cependant, je suppose que chacun connaît cette impression que l'on ressent lorsque le moment présent rejoint des souvenirs dont la réalité reste flottante, mais s'est inscrite en nous avec quelque insistance.

Et l'on demeure un peu saisi ; on se dit : « C'était ici », « Cela a existé », « Je touche en ce moment à l'histoire »… Nous savons que le passé a existé d'une certaine manière ; nous n'en doutons pas ;

mais il est toujours émouvant de le rencontrer et de le rencontrer face à face, sans rien de moderne ou de différent qui vienne s'y mêler. Entre l'Olympe des anciens Grecs et cet arrêt au bord du petit torrent, il y avait une coïncidence parfaite ; et c'est sans doute ce qui a gravé pour moi cette image d'habitude perdue de vue, mais indélébile. Sans compter qu'il s'y joignait presque sûrement cette légère fierté, absurde, mais réelle, que l'on éprouve toujours à se dire qu'il vous a été donné de connaître une expérience importante et rare.

Les aigles tournaient très haut, dans un air très pur ; le ruissellement de l'eau à nos côtés faisait ressortir le silence qui accompagne toujours le sentiment du sacré. Le reste, je l'ai oublié. Je revois la voiture arrêtée, la pente pierreuse ; mais je ne sais même plus s'il y avait des arbres sur cette pente ni quelle sorte d'arbres. Le souvenir n'est pas une photographie ; mais une photographie aurait donné tous ces détails : l'expérience vécue m'est entrée au cœur, sans aucun détail de plus. Et à présent, en surprise, elle peut resurgir ainsi dans ma pièce douillette et tiède d'intellectuelle, ressuscitant d'un seul coup le murmure de l'eau et le silence des dieux. Certainement, si mes petits chevaux de bronze ont pu me donner, en un bref instant, ce brusque sentiment de connivence et de plaisir, la raison en est, pour une large part, qu'ils portaient en eux la possibilité que renaisse pour moi, dans toute sa force, l'impression première, le plus souvent cachée sous le poids des années et de l'oubli.

*

Mais quelle étrange soumission aux caprices de la mémoire que de porter ainsi la lumière sur ce qui fut seulement l'épisode final de cette journée ! Comme lorsque l'on tire le filet d'un chalut, chargé de poissons brillants, il en est un, plus vif et chatoyant, qui sort sur le dessus et attire le regard, l'image de l'Olympe a surgi, toute frémissante, mais elle n'est pas l'essentiel, de loin pas ! Je n'y repense presque jamais. Et son éclat ne fut, en réalité, que le couronnement imprévu d'une journée, dont les traces s'inscrivent bien plus profondément en moi.

Car je n'ai rien raconté : j'ai été droit à l'image finale.

En fait, mes petits chevaux mènent droit à la poésie d'Homère. Je l'ai dit : ces petits chevaux étaient la récompense d'une conférence, dans laquelle je traitais d'un épisode homérique, qui m'a toujours paru bouleversant : c'est le moment où le cheval d'Achille se trouve miraculeusement doué de la parole pour cet instant seulement et où il annonce à celui-ci sa mort prochaine.

La conférence était intitulée « Un cheval qui parle ».

Je ne voudrais pas me répéter une fois de plus, mais le texte est en moi, fait partie de moi.

Le passage est si émouvant et l'épisode est si rare ! Il n'y a pratiquement pas de miracles dans l'épopée d'Homère. Quand il y en a, il s'agit de circonstances d'une grande importance ; tout insiste sur le caractère unique de l'événement.

*

Déjà, il faut le dire, l'attelage d'Achille n'est pas n'importe quel attelage ; il se compose de deux chevaux célèbres, dont l'un est d'origine divine, et qui ont été donnés en cadeau de noces à la déesse Thétis, lors de son mariage avec Pelée, un mortel, qui fut le père d'Achille. Ils interviennent à diverses reprises dans l'*Iliade* et une seule fois, un seul de ces deux chevaux, et pour ce seul moment, reçoit le don de la parole et il annonce l'avenir : il se met à prophétiser au moment même où Achille, qui s'était longtemps abstenu du combat, s'apprête à y retourner. Il n'y a donc là rien de commun avec les autres épopées des autres cultures, où les miracles abondent, où les hommes sont doués de facultés irréelles, et où un animal qui parle n'est point une surprise : il en est un dont on nous dit qu'il parlait normalement sept langues ! Il faut mesurer cette originalité d'Homère, pour bien sentir le caractère saisissant que prend ici l'événement.

Et voici que tout me revient, la beauté du texte, la joie de l'avoir perçue et de la faire connaître à d'autres, et le bonheur d'avoir engrangé ce trésor en moi pour toujours.

Les détails, les mots, sont prêts à renaître en moi ; mais j'éprouve déjà l'impression de grandeur tragique qui se dégage de l'ensemble. Et soudain tout est là, toute la merveille du texte. Le cheval s'adresse à Achille au moment où il va combattre et il lui annonce sa mort prochaine. Homère l'avait déjà annoncée, et à plusieurs reprises. Mais le cheval l'exprime avec force et pour un futur tout proche. Et cela compte ! Il faut se rappeler, en effet, que le poème d'Homère ne va pas jusqu'au moment de la mort d'Achille. Par conséquent, le personnage d'Achille n'y aurait figuré que par sa colère, sa violence, sa rancune. Son image s'imposerait au lecteur comme celle de l'homme qui a tué Hector et a si cruellement maltraité le corps de son ennemi vaincu. L'annonce pathétique de sa mort prochaine rétablit donc, dans le poème, un équilibre. Il rend à Achille sa faiblesse de simple mortel. L'effet est le même quand, tout à la fin du poème, le vieux roi de Troie évoque devant Achille cette mort possible, qui endeuillera au loin un vieux père. Toujours, le tragique de la mort est lié à l'éclat de la victoire. Toujours, la pitié vient se mêler à la grandeur.

Ils ont pitié, les chevaux d'Achille ! Celui qui parle, parle avec l'espoir de retenir son maître. Car ils lui sont attachés, comme il est normal, par une longue et étroite association.

Ils ont déjà donné une preuve émouvante de cette pitié dans un épisode précédent : ils avaient été prêtés à Patrocle, l'ami d'Achille, et voici que Patrocle vient d'être tué au combat. L'on a alors, dans le récit, non pas vraiment un premier miracle, mais presque ; car ces chevaux – les deux cette fois – devant ce malheur qu'ils n'ont pu empêcher se mettent, nous dit Homère, à pleurer.

Je ne me rappelle plus s'il les décrit baissant la tête dans leur douleur : c'est ainsi en tout cas que je les vois. Et même à présent, des années après avoir parlé de ce texte, sans avoir besoin de me remémorer aucun détail, voici que je retrouve la saveur de cette pitié qui atteint les deux chevaux et se gonfle, comme une sorte de bulle qui peu à peu vous élargirait le cœur et l'enrichirait. Cette pitié passe, en effet, des chevaux au roi des dieux, à Zeus. On a là un de ces vers, dont le premier mot est « il eut pitié » *(éléèsé).*

Ce mot qui devait passer jusque dans notre vie actuelle, avec la prière de la messe : « Seigneur, ayez pitié » *(Kyrie eleison).* Ce roi des dieux que nous n'avons pas pu apercevoir sur la cime de l'Olympe est apparemment sensible à la pitié. Il plaint ses chevaux et il a remords de les avoir donnés à un simple mortel, car ainsi ils ont appris à connaître la souffrance ; et cette pitié s'étend, curieusement, à tous les mortels, car il regrette d'avoir confié ces chevaux à un mortel : « Rien n'est plus misérable que l'homme, entre tous les êtres qui respirent et qui marchent sur la terre. » La formule est forte et accablante. À vrai dire, elle ne correspond pas tellement au caractère du roi des dieux tel que nous le connaissons par ailleurs ; et même son pessimisme sur le sort des mortels nous paraît quelque peu surprenant. Après tout, d'autres êtres vivants connaissent les batailles et la mort sur terre, et les dieux n'étaient pas toujours si éloignés des mortels d'alors. Mais, quoi qu'il en soit, Zeus a eu pitié, et des chevaux, et de l'humanité entière. Elle ne lui est pas proche, cette humanité, il a plus pitié des chevaux que des hommes eux-mêmes ; mais sa réaction donne un grand relief au chagrin des chevaux qui pleurent.

Ils pleurent, puis l'un des deux parlera. Ils pleurent pour la mort déjà advenue de Patrocle, et l'un d'eux parlera pour la mort à venir d'Achille. C'est ainsi que leur présence et leur réaction scandent toute cette seconde partie de l'*Iliade.* Car, on le sait, Patrocle, l'ami d'Achille, ne s'élançait dans le combat que comme une sorte de remplaçant d'Achille ; il porte ses armes, conduit son attelage, lutte à sa place et c'est parce qu'il va mourir, tué par Hector, qu'Achille rentrera au combat, pour tuer Hector.

J'ai écrit tout un livre sur Hector, sur la sympathie qu'il inspire d'un bout à l'autre du poème, sur sa séparation d'avec son épouse et son petit enfant, sur le deuil qui pousse son vieux père à aller redemander son corps : l'épisode du cheval qui parle, avec tout ce qui l'entoure, fournit l'autre face et fait la balance égale entre les deux camps et les deux héros.

Dans toute guerre, des hommes tombent courageusement et voient leur vie tranchée ; nous ne le savons que trop. L'idée de cette mort à la guerre a de quoi nous émouvoir tous, peut-être moi plus que d'autres, en mémoire de mon père, puis de tant d'amis fauchés dans la guerre suivante. Mais lorsque quelqu'un survient qui nous rappelle qu'il en est de même des deux côtés, on se sent un peu plus humain et un peu soulagé qu'une voix s'élève pour le dire : Homère l'avait rappelé avec insistance dans tout le poème.

Je m'en souviens et cela m'émeut. Mais comme il est absurde de couper ainsi, par l'analyse, tous les temps d'un récit et tous les moments d'une émotion : la lumière du petit miracle du cheval qui parle m'éblouit et m'égare : en fait, elle est tout entière projetée vers Achille : vers son courage et vers sa mort prochaine. Déjà dans le texte même – ne l'oublions pas ! – c'est à lui qu'il s'adresse et c'est lui qui va leur répondre : de toute évidence, sa réponse compte dans le souvenir vibrant que j'ai de ce texte et c'est pourquoi il hante mon après-midi parisienne, à partir de cette vague réminiscence d'un texte familier auquel je ne pensais plus.

Car ce héros aux terribles colères répond avec une rare simplicité. Je ne sais plus exactement les termes de sa réponse et je ne veux pas aller les vérifier. Je sais seulement qu'il s'exprime brièvement, et avec une acceptation sans réserve du sort qui l'attend. Cette acceptation intervient à la fin du chant ; et elle est très brève. Je me souviens d'un vers qui dit : « Je le sais bien sans toi : mon sort est de périr ici, loin de mon père et de ma mère. » Le miracle du cheval qui parle, et qui aurait dû être un avertissement pour retenir le héros, ne change rien à ce que nous savions, à ce qu'il savait lui-même, ni à sa ferme décision de poursuivre la lutte, et d'en mourir.

Je suis là, dans ma grande pièce silencieuse. Cette noblesse me revient au cœur comme une grande bouffée d'oxygène. À moi aussi on pourrait bien m'annoncer ma mort prochaine : je ne pars pas au combat, mais mon âge est très avancé, et je sais bien qu'à tout moment la fin s'approche : « Je le sais bien sans toi… » Mais je n'ai rien, moi, à sacrifier – ni jeunesse, ni vaillance, ni avenir. L'acceptation d'Achille a donc une tout autre valeur. Or, si les deux chevaux en ont été pris de pitié et de douleur, il me semble que, tout au contraire, j'ai été, moi, aidée et encouragée. L'héroïsme, quand il est fracassant, risque de nous paraître fort lointain : quand il est simple et proche, il nous émerveille. Quand je pense à cette mort d'Achille, malgré le chagrin des chevaux, je ne suis nullement triste ; je trouve plutôt la confirmation de ce que je voudrais toujours croire : l'homme, avec toutes ses limites et ses imperfections, peut être admirable. Il peut réagir comme nous l'espérions et mieux que nous ne l'espérions, il peut être une présence à la fois amie et infiniment supérieure ; on peut donc nous faire sentir, tout à la fois, que nous allons mourir, mais que la vie est belle.

Tout cela, qui me remplit d'émoi, n'est que l'œuvre du poète et de la littérature. Mais après tout j'en ai vécu, de la littérature : et pourquoi n'en vivrait-on pas ? Il n'est pas plus éclatant témoignage. Alors je regarde mes petits chevaux de bronze : cet obscur contentement, que, sur le moment, je n'analyse pas, est en fait une double confiance dans la littérature et surtout dans l'homme.

*

Ce n'est déjà pas si mal, pour un simple regard vers un montage en plexiglas qui repose là depuis des années ! Mais il y a autre chose. Il y a le geste même par lequel cet objet fut préparé pour moi et me fut remis, en surprise, à la fin de la conférence. Le savant qui me l'a remis l'avait fait assembler et monter pour moi. Il avait utilisé un modèle ancien de tête de cheval trouvé dans sa fouille, au pied de l'Olympe. Il lui avait fallu se renseigner à l'avance sur le titre de ma conférence et trouver le temps de faire fabriquer ces deux copies de bronze, de les faire monter sur plexiglas, d'ajouter un titre, et, au moment où je cessais de parler, m'apporter ce cadeau si merveilleusement approprié !

J'en ai été, bien entendu, émue et stupéfaite. Jamais on ne m'avait remis, à la fin d'une conférence, un objet si grand, si plein d'à-propos et impliquant tant d'intentions bienveillantes. Je ne sais pas trop comment je l'ai remercié, tant j'étais étonnée et ravie.

À vrai dire, j'ai honte d'avoir oublié jusqu'au nom de ce généreux donateur ; mais je suis certaine que cette preuve de gentillesse est restée en moi comme une douce reconnaissance et joue son rôle aussi dans le sourire de connivence que m'ont inspiré mes chevaux. À l'idée de la grandeur évoquée par Homère se joint donc une autre valeur, une autre lumière, dans laquelle je reconnais le prix de cette qualité, qui est éminemment grecque, mais qui m'est particulièrement chère : la douceur fraternelle des rapports humains.

Et, comme ce sentiment remonte à la surface en ces souvenirs qui s'attirent l'un l'autre, je m'avise tout à coup que cette grande plaque de plexiglas, où se font face mes petits chevaux, comporte, en réalité, une inexactitude révélatrice ; l'étiquette dit, en effet : « Deux chevaux qui parlent » ; et ils parlent, mes petits chevaux ; mais ils parlent sans aucun miracle ; ils ne se livrent à aucune prophétie, ils parlent, en effet, mais entre eux, comme deux bons compagnons associés dans une même activité, peut-être tout à fait simple et quotidienne. Ceux que j'appelle mes chevaux de l'Olympe sont pour moi, aujourd'hui – oh, merveille ! –, les chevaux de l'amitié et de la gentillesse. C'est là un titre qui m'émeut de façon générale et qui m'a toujours semblé contribuer à la beauté des œuvres grecques. Peut-être y suis-je, à présent, plus sensible encore.

J'ai été très protégée, dans la vie ; j'ai traversé, du fait de la politique, des crises difficiles, mais je les ai traversées entourée d'aide et de bienveillance. Déjà, par conséquent, j'avais des raisons d'apprécier les valeurs de solidarité et de courtoisie. Avec l'âge, cette tendance n'a fait que se fortifier. J'entends mal et je ne vois presque plus. Je suis donc beaucoup plus dépendante et, il faut le reconnaître, plus facilement inquiète. Je découvre alors d'autant mieux le prix qui s'attache pour moi à tous les actes de gentillesse, depuis les coups de téléphone affectueux jusqu'aux services rendus heure par heure.

Quand j'ai regardé mes petits chevaux de bronze, presque par hasard, j'ai d'abord cru, naïvement, que mon contentement se rattachait à toutes les grandeurs qu'ils évoquaient pour moi. Il y avait de cela, sans aucun doute. Mais il y avait aussi la présence de ce montage souvenir d'un acte de bienveillance qui m'avait attendrie.

Oui, je m'attendris volontiers lorsque je pense à l'archéologue et à son cadeau ; et je reconnais là mon goût pour les relations douces et quotidiennes. Mais pourquoi n'ai-je pensé d'abord qu'à l'Olympe, puis à l'*Iliade* et à sa grandeur ? Cette question soudain m'arrête. Serait-il possible que la mémoire parfois nous égare ? Et serait-il possible que l'analyse, en isolant petit à petit les couches successives qui se sont accumulées en nous, finisse par nous faire perdre de vue l'essentiel ? En fait, tout nous est donné en bloc, en une seule et brève impression, dans laquelle les divers éléments sont mêlés ; l'analyse ne peut que tromper.

Je ne sais trop pourquoi j'ai commencé par l'Olympe – sinon parce que l'on court au plus majestueux. Mais, à présent, je puis tout aussi bien parcourir le même ensemble en ordre inverse. Je puis repartir de la conférence et du cadeau qui l'a terminée, pour retrouver le déjeuner entre les hellénistes, partageant un même enthousiasme, et pour monter enfin à cet Olympe qui fut l'ultime révélation. Ce fut là l'ordre vrai.

Et peut-être même la façon dont j'ai évoqué cette arrivée au terme de notre voyage en voiture était bien insuffisante et inexacte. Je n'ai parlé que de la fraîcheur et du silence, appartenant déjà à la haute montagne ; mais mon impression essentielle était alors qu'il s'agissait de l'Olympe, la montagne où vivaient les dieux. Il s'agissait de découvrir, par-delà notre vie quotidienne, ces présences sacrées qui avaient inspiré aux Anciens terreur, admiration, adoration ; et si celles-ci nous touchaient tant, c'est parce qu'il est naturel à tout homme d'imaginer une vie au-dessus de la vie quotidienne, guidant notre action, nos frayeurs et nos espérances. De la douce amitié humaine nous étions ainsi montés jusqu'à cet arrêt saisissant, au bord d'un au-delà possible.

Tout cela pour un bref coup d'œil de connivence vers un objet auquel, d'ordinaire, je ne fais guère attention ! Et peut-être un autre jour aurais-je senti monter en moi d'autres souvenirs, tout différents…

Faire attention aux objets les plus simples – oui, cela en vaut la peine !

LE CADRE DU BRIGAND

Entre mes petits chevaux et ma chaise longue, à quelque trente centimètres de moi, mon regard passe à chaque fois sur un petit cadre ovale garni d'arabesques dorées, posé sur un guéridon à portée de la main. Ce cadre contient actuellement la photographie de ma mère ; et j'aime qu'elle soit là, tout près, car c'est elle qui a veillé sur ma vie, d'un bout à l'autre, et, d'une certaine manière, me rassure et me protège aujourd'hui encore. Mais, en fait, tel ne devait pas être, ou pas exactement, le rôle de ce petit cadre.

Je l'appelle encore « le cadre du brigand » ; mais il ne faut voir dans cette formule aucune allusion à des péripéties dramatiques et à de folles aventures : le brigand était le surnom que, jadis, ma mère et moi, nous avions donné à cet ami très cher, chef d'orchestre en renom, qui était notre ami. Un jour, en effet, il avait sonné très tard à notre porte et, comme, ma mère ou moi, nous demandions timidement à travers la porte : « Qui est là ? », il avait répondu, de sa belle voix grave que, par plaisanterie, il rendait plus grave encore : « C'est un brigand ! » Ce surnom lui en est resté pour nous, à travers les années.

Il nous était très cher, à ma mère et à moi ; et tous les objets qui me viennent de lui et que j'ai conservés tout au long de ma vie, sont devenus en quelque sorte des objets sacrés. Ce cadre ancien aux arabesques d'or est un objet sacré. Mais la grosse lampe rouge qu'il m'a donnée lors de mon mariage en est un autre. Et le petit tabouret garni de tapisserie en est un à plus d'un titre : il nous l'avait apporté un jour, serré sur son cœur, en expliquant que c'était le tabouret de sa mère et qu'il fallait le garder précieusement. Avec le temps, la tapisserie, qui était déjà ancienne, s'est usée de plus en plus ; et ma mère s'est appliquée à la refaire, avec grand soin : aujourd'hui, dans ma grande pièce parisienne, il est de façon constante sous mes yeux. Mais, parmi ces divers souvenirs, le cadré doré revêt un sens particulier.

Le « brigand » était un homme d'une rare sensibilité. Il nous arrivait souvent las, épuisé, et toujours un peu perdu dans les problèmes pratiques de l'existence ; mais, pour lui, chaque mot et chaque geste était porteur de poésie. En me donnant le cadre, je ne sais plus à quelle occasion, il m'avait dit : « Vous n'avez qu'à le laisser vide et vous imaginerez, chaque fois, le visage que vous aimeriez voir, le visage dont vous rêvez… »

Ce n'est point ce que j'ai fait. La photographie de ma mère s'imposait pour bien des raisons ; mais on ne peut pas dire que je rêve d'elle : je connais ce visage et cette silhouette, je les porte en moi, ils m'ont été familiers depuis toujours. Je ne regarde même pas vraiment cette photographie, si connue : elle fait partie de moi-même et ne peut éveiller la moindre curiosité. Simplement, je prends appui sur ce symbole tout proche et un regard de pure forme suffit à me rassurer. C'est tout juste si, parfois, j'arrête un instant mon regard, saluant au passage son air de jeunesse et sa gaieté, remarquant le chandail qu'elle portait alors en ces temps de guerre et d'exil. Il y a là une grande intimité, mais il n'y a aucune part de rêve. Il en serait de même pour les êtres qui ont partagé ma vie, ou qui ont été de très proches amis, et se sont trouvés, d'année en année, étroitement mêlés à ma propre existence. Certains ont pu, à l'origine, se présenter comme appartenant à ces visages de rêve vers lesquels m'attirait mon ardeur, et que je souhaitais très fort approcher de plus près ; mais, en prenant peu à peu de l'importance, ils sont progressivement sortis du cadre de mes rêves pour entrer dans le cercle de mon existence quotidienne. Ce fut le cas, parfois. Mais s'arrête-t-on pour autant de rêver ?

Le cadre est ovale et léger ; il est ancien ; et de savantes arabesques en font le tour, dans un luxe baroque et cependant discret. Il n'est pas en or, mais en plâtre doré ; si bien qu'il est très léger. Mais surtout, la phrase de celui qui me l'a donné, et que j'aimais, est restée pour moi comme le symbole des ferveurs successives, qui ont, en fait, nourri ma vie.

J'ai failli dire les amours successives ; mais je sais bien que l'on ne me comprendra pas. Si je dis « rêve », cela sonne fort innocent ; mais sitôt que je parle d'« amour », je sais que l'on va s'y tromper. Et pourtant c'est bien le mot qu'il faudrait. À presque tous les moments de ma vie, il y a eu des êtres dont j'ai passionnément attendu les lettres ou les appels téléphoniques, dont j'ai passionnément chéri les paroles, ou la voix, ou l'exemple, dont j'ai guetté passionnément le regard, qui m'a rendue heureuse. Je sais bien qu'à notre époque et avec le succès d'une certaine forme trop répandue de psychanalyse ou même de psychologie, tout le monde sera prêt à m'expliquer qu'il s'agit en fait de désir sexuel refoulé. Cela est facile à dire, et facile à croire ; mais je pense aussi que c'est là une étrange et désastreuse simplification. Sauf en cas de maladie ou de simple désordre, physique ou psychologique, n'est-il pas choquant d'en arriver à refuser toute place à un certain idéal de tendresse désintéressée, à une complicité dans l'espoir, et à l'élan que donne une vraie admiration ? Et comment ne pas admettre que de tels sentiments sont capables de vous accaparer totalement ? Ils peuvent – et beaucoup le savent bien ! – susciter en nous de vives angoisses ; et ils peuvent aussi procurer des joies qui vous inondent le cœur.

Des exemples ? Je peux si facilement en donner ! Je le puis sans avoir pour cela à étaler des confidences, qui ne regardent personne. Et d'abord, je pourrais évoquer ce que fut pour moi le donateur de ce petit cadre, le brigand.

Je crois bien avoir dit (cela m'était si naturel !) que « nous l'aimions », ma mère et moi. En fait, la formule n'est-elle pas surprenante ? Et je n'entendais pas le verbe aimer comme lorsque l'on dit aimer la confiture ou le cinéma. Il s'agissait de beaucoup plus. C'était ma mère qu'il venait voir ; et c'était avec elle qu'il était vraiment en relations. Mais notre sentiment pour lui, l'importance que nous attachions à tout ce qui le concernait, le flot de tendresse qu'inspiraient en nous sa voix, ses espérances et jusqu'à ses maladresses : oui, ils nous étaient communs ! Et il y a là, vraiment, de quoi s'étonner. Je devais avoir dans les vingt ou vingt et un ans ; j'avais moi-même mes amis et mes problèmes, mais ma ferveur n'en était pas amoindrie.

En général, je les laissais assez vite, ma mère et lui, pour aller m'occuper de mon travail ou de mes affaires personnelles ; mais ensuite, je m'attendrissais avec ma mère, comme ma mère, de tout ce qui venait de lui et le dépeignait. Il était, pour nous deux, un être à part, d'une essence différente de tous les autres. Je l'admirais et, dans ma jeunesse naïve, je souhaitais éperdument le protéger.

De la passion ? Manifestement oui ! Et pourtant j'étais en train de me fiancer et il n'existait point de confusion possible entre ces divers ordres de sentiments.

La guerre nous a séparés, et puis son départ pour les États-Unis, et puis enfin la mort. Mais la lumière que fut sa présence ne s'est jamais éteinte pour moi. Je conserve encore aujourd'hui toute une série de photographies de lui prises au cours d'une répétition. On y voit un chef inspiré ; on l'y voit beau et passionné ; on l'y voit vibrant de tous les élans de la musique qu'il est en train de diriger. Et j'ai aussi conservé, dans mon sac, avec mes papiers d'identité, une petite lettre qu'il avait un jour laissée pour ma mère, et qu'elle avait elle-même longtemps portée dans son sac. Et moi, ne sachant plus si c'est en mémoire d'elle ou bien de lui, je la porte de même sur moi. C'est le lien avec le passé, le souvenir d'un amour où se confondent la mère et la fille, le réel et le rêve, le passé et ses longues prolongations. Avant de s'attaquer à cette sorte de tendresse, qui m'émeut encore tant d'années après, les psychologues à la mode feraient peut-être bien de s'interroger sur cette forme de communion qui me faisait prendre à mon compte les émois et les tendresses d'une autre. En ce sens, il n'est que juste que le visage de ma mère occupe maintenant le cadre doré qu'il m'avait donné.

Je sais bien ce que l'on va me dire : que j'étais encore jeune et naïve et qu'en fait je n'étais pour rien dans ces relations dont je faisais ma joie. Mais déjà, à vingt ans, on vit pour soi-même, et je crois que je dois avouer le pire : plus tard, toujours, j'ai recommencé ! J'ai vécu tout le long de ma vie de ces émerveillements passionnés. Je puis même, à présent que j'arrive à la fin de ma vie, imaginer la suite de ces visages qui se seraient succédé dans le cadre aux volutes d'or, le cadre pour les visages de rêve.

Mais quelle absurdité, une liste ! Tout s'y mêlerait, elle comporterait aussi bien de véritables passions et des êtres qui sont entrés profondément dans ma vie et ont modifié jusqu'à la structure de mon existence, ou, à l'autre extrême, les plus brèves flambées de ferveur, dans lesquelles une parole, un geste, une subite entente, m'ont soudain éblouie et occupée pendant plusieurs heures ou plusieurs semaines, et parfois davantage. C'étaient comme de brusques rayons, traversant tout en un éclair. Peu importent ces différences. Ce qui compte est que cela n'a jamais cessé pour moi et que j'en ai toujours été éblouie.

Et à tous ceux qui ont ainsi traversé mon ciel, j'ai envie de dire merci !

Bien des circonstances ont pu jouer et susciter, à chaque fois, mon émotion. Dans le cas de celui que j'ai appelé « le brigand », il faut avouer qu'à côté de l'être fragile et facilement accablé qui nous arrivait le soir, tout plein d'incertitude, mais aussi de confiance dans l'aide à venir, il y avait l'autre face : le musicien porté par la musique et adoré par une foule d'auditeurs, il y avait celui qui se dressait seul sur la scène et portait en lui toute la vie de la musique. Notre visiteur du soir, inquiet et incertain, apparaissait alors magnifique dans ses vêtements de soirée et tenant au bout de sa baguette tout un orchestre prêt à le suivre. Il était splendide. Et peut-être y avait-il en moi un peu de cet élan naïf qui fait que tant de femmes se déclarent les « fans » des artistes, qu'il s'agisse de musiciens ou bien de chanteurs, ou encore d'acteurs…

Alors imaginez : un chef d'orchestre ! Si la façon dont il apparaissait, dressé dans la lumière aux yeux d'une salle obscure, donnait une impression de beauté physique, la musique exerçait bientôt une tout autre magie. La musique partait de son geste, et déjà son geste était beau. Et la musique le traversait, semblait l'animer et partir de lui ; elle semblait presque être créée par lui. Au moindre geste de ses doigts les éléments de l'orchestre se lançaient avec fougue, s'apaisaient, reprenaient, comme s'il avait présidé à une grande houle de passions.

Il y a là, bien entendu, de quoi être brusquement touché et bouleversé. La même impression m'est revenue parfois dans la vie avec tel soliste apparaissant seul avec son instrument sur une grande scène faite pour lui seul, pianiste, flûtiste, ou violoniste ; et il m'est arrivé de me sentir le cœur étreint d'admiration et du désir d'approcher celui qui me donnait cette joie. Une ou deux fois j'ai réussi – réussi à le rencontrer, à échanger quelques paroles, à le revoir. Et j'ai alors, pour quelque temps, retrouvé cette forme de dévotion secrète, qui ne demandait qu'à s'épanouir en une irrésistible floraison.

Et puis venait la musique. Au bout de sa baguette, de ses gestes, de ses mains, lançant l'un, retenant l'autre, le cher brigand la faisait passer d'abord dans l'orchestre, ensuite dans la salle et dans nos cœurs. Tout obéissait à un simple geste, à un frémissement des doigts, dont la souple agilité semblait parler toute seule.

Et cela aussi était comme magique. Je me rappelle avoir ainsi écrit, un jour, à propos d'un musicien qui n'était pas notre ami, mais un grand pianiste, un petit texte sur les mains et les doigts de l'artiste. C'était un jour où j'avais vu les doigts de ce pianiste courir sur le clavier, si rapides et si précis, si légers et si puissants, que cela ne ressemblait plus du tout à nos mains balourdes aux prises avec le quotidien. Je crois bien qu'au cours de ce récital de piano, je n'écoutais pas parfaitement : j'étais fascinée par cette agilité des mains et cette extraordinaire réussite humaine. L'exactitude et la force, la douceur et la rapidité, tout cela était confondant. Certes, cet aspect-là comptait aussi dans le cas de notre cher brigand, et contribuait à le situer, pour nous, dans une sorte de monde à part, où tout était plus aisé et plus beau que dans la vie quotidienne. Tantôt, c'était un élan du corps entier, passant comme un souffle jusque dans l'orchestre, tantôt un geste retenu, effrayé, presque pareil à une confidence, auquel tous obéissaient, attentifs à traduire, en l'amplifiant, l'impulsion ainsi donnée.

Il y a des chefs d'orchestre qui bougent très peu, qui sont froids et sereins : ce n'était pas son cas ! Tous les mouvements, si pleins de sûreté et de passion, qui animaient notre ami, traduisaient sous nos yeux les divers émois que le compositeur avait éprouvés, qu'il éprouvait, qu'il faisait éprouver à l'orchestre, puis à nous. Il vivait la musique, elle le traversait. Ainsi la rendait-il comme transparente pour nous : il en était baigné et illuminé.

J'ai gardé dans ma chambre, aujourd'hui encore, une de ses photographies, qui avait été prise lors d'une répétition : on le voit de face, faisant de la main signe à l'orchestre, stimulant et retenant, expliquant par son geste même la musique en train de se dérouler. Et si elle est ainsi conservée sous mes yeux, cette photographie, ce n'est point par une sotte et vaine piété, mais parce qu'elle est l'image même et le symbole de ce que je me suis efforcée de faire dans mon métier à moi. Il donne vie à la musique comme j'ai voulu expliquer les textes et leur donner vie à mon tour. Il fait passer l'émotion du compositeur comme j'ai voulu faire passer celle du poète. Une bonne direction d'orchestre est une merveilleuse explication de textes !

Comprenez-vous par là ce que j'ai voulu dire en refusant d'admettre aucune part de cette sexualité que certains psychologues actuels veulent retrouver partout ? Et comprenez-vous que, malgré cela, je puisse parler d'un sentiment vraiment fervent, vraiment intense dans lequel tout se mêle : l'admiration et la tendresse, le désir passionné de mieux connaître, et le désir éperdu de pouvoir recevoir plus et connaître mieux ? On peut, souvent, appeler un tel sentiment de l'amour ; et l'on peut en être occupé pendant des semaines et des mois, parfois pendant des années.

*

Mais si les souvenirs m'ont entraînée vers la musique, à cause de ce cher brigand, l'on pourrait aisément croire que je suis une fervente musicienne ; or il n'en est rien : je ne suis pas particulièrement douée pour la musique et je suis, de façon indiscutable et irrémédiable, une intellectuelle. Alors, une intellectuelle sentimentale ? Cela sonne encore plus accablant ! Et pourtant, comment le nier ? Entraînée par mes pensées et à ma propre surprise, je crois bien m'apercevoir que ces ferveurs si ardentes ont accompagné et comme scandé toute ma vie professionnelle. Par une circonstance assez ridicule, que je ne veux pas taire ici, maintenant que j'en suis à la fin de ma vie, je constate que j'ai toujours connu de ces exaltations pour des êtres qui m'étaient un peu supérieurs en expérience ou en savoir – comme une bonne petite employée qui tomberait amoureuse de son chef hiérarchique !

L'idée ne m'en était jamais venue. Elle me frappe, m'amuse, et pique soudain ma curiosité. Alors, je me lève et gagne la table à bridge, où j'ai maintenant pris l'habitude de travailler. Et me voilà les bras croisés, les yeux fermés, à revoir, non sans surprise, ma propre vie. Cela n'est guère dans mes habitudes ; les souvenirs, d'ordinaire, me reviennent librement, tantôt l'un ou tantôt l'autre, parfois brefs et parfois insistants, souvent à peine conscients. Il n'y a ni ordre, ni rapprochement entre l'un et l'autre. Mais aujourd'hui, c'est tout le contraire : j'ai soudain envie de tirer les choses au clair, et de revoir un peu l'histoire de ma propre vie, dans l'ordre, et de façon lucide. Seule, dans le silence, j'interroge mon passé comme si c'était celui d'un autre. Et je dois l'avouer : il est parfaitement vrai que je reconnais le surgissement, au cours d'une longue carrière, de ces passions, brèves ou durables, qui ont jalonné ma progression universitaire. Il y en a eu de diverses espèces ; certaines ont gardé le caractère d'une ferveur juvénile et ne se sont point inscrites dans la réalité de mon existence quotidienne ; d'autres ont pris une importance plus grande, parfois même très grande, quelle que soit la nature de cette importance, différente selon les cas. Si l'on voulait se moquer de moi, on pourrait très bien, sans mentir, rappeler trois moments qui furent tout à la fois des enrichissements spirituels et des attentes passionnées. Les personnes concernées ne sont plus de ce monde. Peu importe que quelqu'un les reconnaisse. Ces confidences en effet perdent, de par leur rapprochement même, tout caractère secret.

Il y eut ainsi, lorsque j'étais encore jeune dans la carrière de l'enseignement, l'importance que prit pour moi un homme alors très éminent dans l'enseignement littéraire. J'ai participé avec lui à des jurys ; j'ai quêté son approbation ; j'ai été émue par son sourire, par la façon dont il ressentait et exprimait la beauté d'un vers de Virgile, par la patience et la justesse avec lesquelles il appréciait les possibilités de chacun. Et comme je guettais l'arrivée de ses lettres ! Ma famille, je m'en souviens, se moquait de moi… Et comme tout cela était innocent et pur ! Et puis je suis entrée dans l'enseignement supérieur, intimidée, sans doute ; et un collègue de la faculté m'a accueillie, et conseillée. Nous avons bavardé, nous nous sommes promenés ensemble ; nous avons comparé nos disciplines, échangé nos lectures et, grâce à lui, je ne me suis jamais sentie seule. Une grande amitié, familière et familiale, a succédé à cette chaste ardeur ; je ne saurais dire à quel moment s'est faite cette évolution entre deux formes d'affection, ni même si elles n'ont pas toujours étroitement coexisté. Puis, un jour j'ai accédé au monde de la recherche et des Académies ; j'ai participé aux rencontres internationales ; et là, je suis tombée en admiration devant un grand savant, à l'érudition exigeante, mais fondée sur une vraie culture et accompagnée de l'humour le plus mordant. Ah ! Comme j'ai aimé… Quoi ? Mais tout ! Son délicieux accent et sa connaissance du monde savant international, son goût du vin blanc et sa sévérité toujours lucide, sa connaissance de Proust et son ironie percutante à l'égard de tout ce que moi, la bonne naïve, je croyais et appréciais. Il m'a fait découvrir tant de choses ! Depuis les fondements mêmes de notre culture jusqu'au petit restaurant dont j'aurais plutôt tendance à me méfier. J'avais envie de le voir, de l'entendre, de lui être agréable. Il m'a, en fait, merveilleusement enrichie ; et même aujourd'hui, bien des années après, je ne pense pas à lui sans tendresse ni gratitude.

J'ai l'air de reproduire ici une sorte de cursus universitaire, avec passions à l'appui ! Et ce furent de vraies tendresses, et tous m'ont apporté un peu plus d'idéal, un peu plus de connaissances ou de lucidité ; et je ne saurais pas dire aujourd'hui si ce n'était pas d'abord cette richesse à venir que j'aimais en eux. Peut-être cherchais-je en eux précisément un idéal ; peut-être cherchais-je en eux, en tâtonnant, la voie que je voulais suivre et que je désirais sans en avoir encore vraiment conscience. Mais je ne pouvais pas séparer cet idéal, qui peu à peu m'a construite, du charme de leur voix, ou de la douce familiarité des gestes où je les retrouvais. Je crois même que j'aimais reconnaître en eux de toutes petites faiblesses, qui me les rendaient plus proches. C'était chez l'un une sorte de rigueur, qui pouvait le rendre cassant, chez l'autre une aisance trop appuyée qui dissimulait un refus de se livrer trop aisément. Oui, il y avait là le désir d'un idéal ; mais il y avait aussi le désir ardent d'approcher quelqu'un que, peu à peu, je découvrais et apprenais à mieux connaître. Comment distinguer ? On passe si facilement d'un registre à l'autre ! Je le répète : certains psychologues à la mode s'empresseront de me dire qu'il n'y a là que passion sexuelle refoulée, tombant par hasard sur ceux qui m'entouraient ; et ils me feront observer que ces sentiments exaltés se fixaient surtout sur des hommes. Je le reconnais, encore que les circonstances de ma vie aient pu y contribuer, puisque j'ai surtout été en relations professionnelles avec des hommes. J'admets cependant tout ce que l'on veut. Mais il n'en reste pas moins que cette part d'idéalisme, d'admiration, et de progressive construction de moi-même existait sans l'ombre d'un doute, et elle occupait en tout cas une place importante. Que j'aimerais voir cette insistance exclusive sur le côté sexuel et les refoulements secrets occuper moins de place dans notre monde actuel et se cantonner davantage dans l'étude des cas pathologiques. On pourrait alors distinguer l'autre part, l'apprécier et lui faire place. Rejetant les simplifications systématiques, on reconnaîtrait alors qu'il existe d'autres ferveurs, ayant leur source ailleurs. Et capables, éventuellement, de prendre le pas sur tout le reste.

J'ai vécu dans l'enseignement, et j'ai bien connu, dans les classes de filles, ces passions suspectes qui poussaient les jeunes filles d'alors à s'éprendre de leur professeur et allant jusqu'à en perdre tout bon sens. J'ai connu de telles passions comme élève d'abord, et puis comme professeur. J'ai même connu une collègue, professeur de philosophie, à qui l'admiration éperdue de certaines élèves causa une étrange mésaventure. Elle portait un manteau garni d'un grand col de renard ; et elle s'inquiéta bientôt de voir les poils de sa fourrure disparaître peu à peu, mystérieusement : elle finit par s'apercevoir que deux ou trois des plus passionnées s'arrangeaient pour arracher ces poils de fourrure pour les garder en souvenir et en talisman ! Ces façons-là relèvent, à n'en pas douter, des théories de nos psychologues. Je l'admets sans réserves. Il n'en reste pas moins que ces élèves, autant que j'ai pu l'apprendre, devinrent à la fin de l'année très bonnes en philosophie ! Un petit quelque chose de plus avait existé, mêlé à leur folie. Je ne recommande pas d'encourager ce moyen pour intéresser les élèves : il me semble seulement un signe limite, prouvant que rien n'est jamais simple. Et j'imagine qu'il en est de même dans beaucoup de mariages et de liaisons : la part du désir physique s'y complète, presque toujours, par un élément différent, qui est en plus, et compte souvent beaucoup. La littérature, autrefois, le reconnaissait bien…

Déjà j'allais en rechercher des preuves, quand je me suis mise soudain à rire – à rire tout haut, seule à ma table, et à rire de moi-même. Je sentais tout à coup l'absurdité de mes effusions éthérées, mais aussi l'absurdité de ces discussions, où je me laissais entraîner : je plaidais une cause, comme si l'on m'attaquait, et j'argumentais, alors que nul ne me contredisait. Je savais bien, pourtant, que mes expériences étaient sincères et n'étaient pas si extravagantes qu'on pouvait le penser. Simplement, j'avais choisi parmi des épisodes très différents, je les avais isolés, montés en épingle : je n'avais pas fait l'histoire de ma vie. Et, d'ailleurs, je suis toute prête à admettre que ces expériences peuvent varier d'importance selon les époques et selon les personnes. Ma vie, mon métier, mes tendances, me poussaient certainement dans le sens que j'ai dit. Mais voilà : ce n'était pas à la mode ! En notre époque où il est convenu que le courage consiste à tout dire, on a difficilement le courage de parler d'idéals et d'amours immatériels. Ceux qui y sont moins sensibles que d'autres en viennent donc à simplifier et à renier tout ce qui peut être d'une nature différente. On ne cherche pas à analyser. Il faut probablement et mon âge et mon métier pour que j'aime à ce point me pencher sur les complexités de la vie intérieure.

Simplifier en ce domaine est la pire chose à faire. On ne peut rien comprendre à la vie, si on n'en admet pas toutes les subtiles manifestations.

Alors, j'ai reculé mon fauteuil, balayé d'un geste de la main les papiers qui encombraient la table ; comme si j'avais voulu, par ce geste, marquer tout à la fois que je retrouvais mon bon sens, et que je cessais de méconnaître les merveilleuses complexités du sentiment. Les amours alternent, changent de nature avec le temps, laissent des traces différentes, tandis que se combinent en nous des influences à l'origine différentes. Parmi mes visages de rêve, je sais bien que l'entente ne se serait pas facilement produite ; de même que mon expérience n'était pas toujours celle des autres. Mais entre toutes il y avait dialogue et combinaison. C'était cela, la vie.

J'avais reculé mon fauteuil et fermé les yeux, heureuse de retrouver le sentiment de cette richesse intérieure, à la fois secrète et irrésistible.

C'est pour cela que, d'abord, je me suis mise à penser à la mer. J'ai rêvé à tout ce que l'on ressent quand on nage en pleine mer, avec une légère houle qui arrive, qui vous soulève et vous laisse retomber pour attendre une autre vague : on reçoit en plein visage la fraîcheur un peu brutale, qui vous coule ensuite le long du cou et l'on voit à l'horizon, loin et toujours plus loin, cette surface vivante et mobile de couleur un peu changeante et toujours renouvelée. Et puis je me suis rappelée le plaisir de se laisser enfoncer un instant pour mesurer la profondeur que l'on domine : il m'a semblé que tout ce que je découvrais dans les sentiments les plus simples et apparemment les plus naïfs avait quelque chose de commun avec ce mouvement incessant d'une mer où, à chaque instant, la masse d'eau bouge, change et vous donne le sentiment de sa force.

C'est peut-être la première image qui vient à l'esprit quand on veut suggérer une impression de complexité. Et il était délicieux de penser à la mer après tous ces calculs sentimentaux dans une pièce close. Mais ce n'était pas à la mer que je voulais penser ; ce n'était pas en ce sens que m'orientait cette longue rêverie sur les visages de rêve qui auraient pu apparaître dans mon cadre aux volutes d'or. Je m'étais si longtemps attardée sur cette quête passionnée si souvent renouvelée elle aussi, qui m'avait paru marquer mes ferveurs successives : je voulais chercher une image qui pût m'aider à comprendre mieux ce que j'avais ainsi cru comprendre et tenté de dire. Et, tout doucement, je me suis mise à rêver plutôt aux merveilles de la végétation. Oui, c'était de ce côté-là que je pouvais trouver l'image de cette quête spontanée et de cette nourriture sans cesse recherchée aussitôt assimilée, qui m'avait peu à peu faite ce que j'étais. Ce sont les plantes, les arbres, qui vont de la même façon chercher et choisir, dans la terre et dans l'air, tout ce qui leur paraît nécessaire pour l'assimiler et se développer grâce à ces progrès successifs. Ainsi naissent non seulement les fleurs par où se fera la reproduction, mais les feuilles, les tiges, les branches qui donneront bientôt ou une plante ou un buisson ou un arbre apte à grandir. Il faudra pour cela choisir, dans la terre qui convient, les éléments qui conviennent, profiter du soleil, de la pluie, de tout ce qui peut aider. J'avais sans doute, moi aussi, cherché autour de moi tout ce qui me paraissait capable de m'aider à croître et à vivre mieux ; je l'avais cherché avec passion, toujours. Mais cela ne valait-il pas la peine ?

Ces songes et ces images, qui m'avaient entraînée si loin de ma petite revue sentimentale, représentaient un détour singulièrement ambitieux, mais rassurant et apaisant. Bientôt je me suis levée pour retourner vers la chaise longue, près du cadre ; j'étais amusée de mes bizarreries et, en même temps, pleine d'acceptation pour les ressources secrètes de la vie antérieure. Apaisée, je me suis réinstallée sur la chaise longue, tout près du petit cadre d'or qui m'avait lancée dans de telles méditations. Il avait eu bien raison, notre ami, le chef d'orchestre : il ne m'avait pas dit d'encadrer telle photographie à laquelle je serais attachée. Il m'avait seulement dit d'imaginer un visage, un visage qui ne serait pas nécessairement le même, mais celui que j'aurais souhaité voir, à chaque fois ! Inutile à présent ! Ces visages successifs étaient entrés en moi à jamais et il était très bien que ce soit le visage de ma mère qui fût dans le cadre. Il avait, lui, traversé toute ma vie et toutes mes tendresses. J'ai jeté un regard vers lui, comme si souvent, sans même bien le regarder : je le connaissais si parfaitement, ce visage ! Mais, tout doucement, émue par la pensée de tout ce que j'avais vécu et ressenti et accumulé en moi pour toujours, j'ai murmuré très bas : « Merci, maman ! » J'aurais pu aussi bien dire, pour exprimer un tel sentiment : « Merci, la vie ! » ou bien « Merci, mon Dieu ».

Là-dessus, tout à coup, le téléphone a sonné. Vous vous demandez si je me suis précipitée sur le téléphone avec cette petite bouffée d'espérance que mes évocations sentimentales ont pu suggérer. Vous vous demandez si j'ai encore de ces ferveurs. Naturellement, ce ne sont plus tout à fait les mêmes. L'âge venant, mes interlocuteurs sont devenus plus jeunes, mes ferveurs plus sages et j'ai plus souvent attendu des voix qui m'étaient chères, de l'optimisme et du courage plutôt que du savoir et de la lucidité. Mais vous pouvez aussi croire que je me suis jetée vers le téléphone avec exaspération, pensant que c'était encore une de ces publicités indiscrètes qui vous ôtent tout loisir. Ou bien vous pouvez penser que je me suis hâtée d'entendre une de ces voix féminines et secourables qui m'apportent leur soutien dans mes difficultés tous les jours accrues. Mais vous pouvez imaginer tout ce que vous voudrez :

je serais bien tentée de vous répondre avec le mot de Chérubin : « Si vous croyez que je vais dire... » Mais il ne me déplaît pas que vous pensiez que le grand âge n'exclut nullement la possibilité de ces ferveurs naïves, toujours renaissantes, qui sont la vie même.

LE JOUR DE *BÉRÉNICE*

Aujourd'hui, il m'est arrivé quelque chose. Je me revois encore, debout, seule dans cette grande pièce où s'attarde un pâle soleil d'automne. Sur la table où je travaille, en plein milieu, une longue forme noire est là, abandonnée, comme un oiseau qui viendrait d'être tué : c'est le magnétophone dont la voix a, tout au long de l'après-midi, peuplé ma solitude. Et à présent, je suis là, étourdie, comme si la pièce était hantée de présences fuyantes, de formes indistinctes et de voix secrètes. Je ne me remets pas vraiment d'avoir, toute la journée, écouté la voix du magnétophone qui me disait le texte de *Bérénice.*

Depuis toujours, j'ai aimé et admiré cette tragédie. Je me rappelle même comment, siégeant au jury du concours d'agrégation, alors que *Bérénice* était au programme, j'en avais entendu tant de vers et tant d'explications, que le désir m'était venu de connaître tout le texte par cœur. Mon mari, quelque peu excédé et à juste titre, croisait dans le couloir une femme obstinée, qui tentait, non sans peine, de réciter indéfiniment *Bérénice !* Et je me souviens aussi que, lorsque j'ai perdu la vue, j'ai été saisie d'angoisse à l'idée que j'allais perdre tout contact avec les textes que j'avais aimés. J'ai alors essayé, à tout prix, d'en conserver quelques traces et je me suis efforcée, toute seule, avec l'aide d'une loupe et de ma mémoire, d'en reconstituer des passages et de les enregistrer. Ce fut un enregistrement timide et titubant. Je l'ai retrouvé récemment et la trace de cet effort m'a causé quelque émotion ; pourtant j'ai jeté la cassette : j'avais mieux à présent.

Mais si ce texte m'était depuis toujours si familier, comment expliquer l'extraordinaire état où me plongeait le fait de l'avoir entendu dans le silence de cette après-midi ?

Il faut le dire : les circonstances étaient exceptionnelles. J'étais toute seule, dans le silence, je fermais même les yeux ; et le texte m'était ainsi rendu, de façon directe, sans intermédiaire et sans interruption. Qui plus est, c'était un enregistrement d'une lecture de la pièce, et non d'une représentation ; la voix ne parlait que pour moi. Et c'était la voix d'une femme cultivée, qui savait dire les vers, et mettre les intonations là où il fallait, sans y ajouter cette grande éloquence, qui est à peu près inévitable sur une scène de théâtre. Elle s'adressait à moi, me parlant comme à l'oreille, au lieu que le texte soit débité par des gens en grande tenue, arpentant l'espace en tous sens et ponctuant de grands gestes le déroulement de l'action. Et comme elle savait dire les vers ! Elle les prononçait doucement, sans les estropier, alors que les acteurs d'aujourd'hui aiment trop souvent à rendre le ton plus naturel, en brisant les vers, en avalant les syllabes muettes, et en écartant toute harmonie, comme s'il s'agissait du parler de notre temps. J'avais donc pu entendre, tout au long de l'après-midi, ces vers chantés pour moi, m'amenant ailleurs, dans un monde qui n'était pas le mien.

Car c'est cela que font les vers ! Ils constituent un langage littéraire, qui nous détache du monde réel et des habitudes quotidiennes. Ils se répètent, s'enchaînent, se glissent dans la mémoire. Et ce n'est pas un hasard si, dès l'Antiquité, les œuvres littéraires ou tragiques ont eu recours à ce langage d'art. Les vers agissent alors comme une sorte d'envoûtement ; en les recevant ainsi directement, juste pour moi, dans le silence de l'après-midi, j'avais reçu leur message et j'avais trouvé ma joie dans ce texte plus que jamais auparavant.

Je sais que je me suis levée un peu étourdie, ivre d'émotions et de poésie. Tout se mêlait, la douleur et le chant, la continuité et les brusques éclats, l'émerveillement. C'était comme si un trésor m'avait été remis, caché en moi et non encore inventorié. J'avais tant reçu que je ne savais plus où j'en étais.

Je crois bien que, sur le moment, l'étourdissement venait surtout des vers. Quand on a écouté des alexandrins toute une après-midi, le rythme vous entraîne, presque dépourvu de sens, comme le sont les refrains magiques. De six pieds en six pieds, de vers en vers, avec le rythme, avec la rime, se produit comme un entraînement ; et, peu à peu, on se met presque à parler en vers. On se sent comme cette héroïne de Giraudoux qui se mettait à s'exprimer en alexandrins chaque fois que se dessinait l'approche d'un désastre. J'en étais presque là ; et je m'amusais de voir qu'à ce degré tout tendait à se formuler en vers ou en demi-vers, si plats et si vides de sens qu'ils ne ressemblaient plus à rien. Je connais l'exercice qui consiste à refaire de mémoire un vers de Racine, puis à constater les différences et à mesurer combien l'on était loin du compte. Mais je n'en étais pas là ; en sortant de ce long contact avec *Bérénice,* je n'essayais même pas. Seulement, le rythme, en moi, maintenait dans ma pièce vide cette atmosphère autre, qui est celle des rêves littéraires et des passions imaginaires.

Mais ce papillonnement de rythmes vagues et de rimes oubliées n'était en somme que l'équivalent des bulles qui se forment à la surface d'un liquide en ébullition : des mouvements désordonnés et superficiels, qui nous empêchent de voir les forces profondes cachées sous ce vain bruissement. Peu à peu, je sentais bien que ces forces profondes allaient apparaître à travers les bulles vaines et qu'elles auraient besoin d'être pour moi perçues, définies, rayonnantes. Cela vivait en moi et remontait à la surface.

*

Je me suis éloignée de la table où gisait le magnétophone à présent muet. Peu à peu tout se dégageait, lumineux et extraordinairement proche. Proche et intense, et si simple ! Comment résister à cette force ?

Peut-on imaginer trois amours si intenses et si implacablement condamnées ? D'abord, bien entendu, Titus et Bérénice. Depuis cinq ans, ils sont pris dans cette passion et une règle douloureuse va les séparer. C'est tout simple et c'est terrible. Déjà le texte latin en deux mots le disait de façon bouleversante : *Invitus invitam dimisit,* « Il la renvoya, malgré lui, malgré elle ». Et voilà que, dans la tragédie, va revenir la formule douloureuse qui passe d'un rôle à l'autre : « Il faut nous séparer », « Il faut vous séparer », « Pourquoi nous séparer ? »... Plusieurs fois, la formule s'abat, inexorable. Et pourtant c'est une passion qui n'avait jamais varié ;

c'était un amour plus intense que dans aucune œuvre littéraire, et peut-être dans aucune vie. Tout, dans la tragédie, en suggère l'intensité. Les vers nous disent l'éblouissement de chaque rencontre : « Depuis cinq ans entiers chaque jour je la vois / Et crois toujours la voir pour la première fois. » Ils nous disent, avec des mots que chacun connaît, l'intolérable longueur de la séparation définitive.

Ces personnages, ces vers me reviennent à l'esprit et me hantent. Tout l'émoi de l'après-midi est là, qui à nouveau s'épanouit.

Et si c'était tout ! Mais non, à côté de nos deux héros, dépendant de leur décision, il y a Antiochus ! Antiochus qui, lui aussi, aime passionnément, et depuis cinq ans ! Antiochus qui, lui, n'est pas aimé, mais qui espère encore ou parfois désespère.

Que tout cela est donc simple et fort ! Et soudain, je suis indignée à la pensée des phrases que j'entends si souvent, affirmant que les jeunes n'aiment plus Racine, ne s'y intéressent plus, ne le comprennent même plus. Est-ce possible ? Je me révolte à cette idée ; et déjà mon émerveillement se mue en plaidoyer. Même les mots sont simples et clairs ; ils coulent de façon facile ; et rien dans la tragédie n'insiste sur des circonstances que ces jeunes pourraient ne pas comprendre. Qui donc, à quel âge, peut ignorer la douleur d'une séparation ? Qui n'en a pas connu ?

Bien plus, au détour de chaque phrase, telle impression ou tel sursaut du sentiment s'imposent tout à coup, venant rejoindre l'expérience courante que certains n'osent peut-être pas avouer, mais qui n'est étrangère à personne. Il en est ainsi de la jalousie. Bérénice, inconsciente de ce qu'éprouve Antiochus et tout occupée de son propre amour, croit lui être agréable en lui parlant avec confiance et en rapprochant son nom de celui de Titus, qu'elle nomme et nomme encore. Alors Antiochus brusquement réagit : « Et c'est ce que je fuis ! J'évite, mais trop tard / Ces cruels entretiens où je n'ai point de part. » II dit qu'il fuit le nom de Titus et qu'il fuit le regard de Bérénice qui n'est jamais vraiment tourné vers lui : « Je fuis des yeux distraits, / Qui me voyant toujours ne me voyaient jamais. » Quand j'entends de tels vers, puis-je croire un seul instant que ces hypothétiques jeunes, dont je déplorais tout à l'heure le peu de goût pour l'alexandrin, ne comprennent pas cela et n'en ressentent pas la force ? Les mots sont si simples, la formule si ramassée, l'expérience si largement humaine ! Un instant, j'imagine, dans un groupe d'adolescents, un regard de jalousie de celui que l'on abandonne, partant pour telle ou telle promenade, et le petit sourire narquois de la fille qui s'en aperçoit et s'en réjouit ; elle ne saurait pas dire les mots ; mais, sans qu'elle en ait bien conscience, on peut lire dans son sourire ce raisonnement satisfaisant : « Si Titus est jaloux, Titus est amoureux. »

J'étais en train de trouver d'autres exemples, modestes et furtifs, quand, tout à coup, je me suis rendu compte de ce que j'étais en train de faire !

J'étais tout simplement en train de ramener le merveilleux texte de Racine aux plus simples expériences de la vie quotidienne, de l'arracher à la majesté de la distance, à la beauté des vers, à l'inexorable entrecroisement des passions, pour en faire une sorte de « Racine à la portée de tous » ! Et mon enthousiasme peu à peu s'effaçait au bénéfice des pauvres plaidoyers.

Alors je me suis redressée. J'ai compris sur quelle pente je m'étais laissée aller. Je voyais, je le sentais. Et tout à coup m'est revenu en mémoire le délicieux texte d'André Roussin intitulé « Faut pas rater Van Gogh », dans lequel il nous propose, pour rire, la plus parfaite transposition que l'on puisse imaginer de la pièce écrite par Racine, racontée à quelqu'un d'ignorant en termes tout à fait modernes. Cela m'a réjouie et je me suis même levée pour aller tâter dans la bibliothèque l'endroit où je savais que se trouvait le livre. J'avais envie de le vérifier, mais j'y ai renoncé. C'était inutile. Il faudrait plus tard que je le copie comme une leçon pour moi et comme un rappel du fait qu'il ne faut jamais tenter de transposer en termes d'expérience courante ce qui se situe, *a priori,* à un niveau tout autre.

Oui, ce texte est une vraie leçon et voici, à titre d'avertissement, ce qu'en effet donne cette transposition : une femme très simple va voir une représentation de *Bérénice* ; et la mise en scène sera l'objet d'une satire brillante ; mais, en attendant, voici ce que donne le résumé de la pièce pour cette femme si simple :

« Tu t'appelles Bérénice et tu es amoureuse de Giscard » ; l'amie s'étonne « Quel Giscard ? – Mais d'Estaing, notre président ! » Et elle nous présente un grand amour entre Giscard et son amie Bérénice, reine de… Massy-Palaiseau !

« Coup de foudre : tu aimes Giscard, Giscard t'aime, ça dure cinq ans. Là-dessus il devient Président. Titus, lui, devient empereur parce que Vespasien a cassé sa pipe. Et Giscard t'avait dit : “Si je suis Président, ma petite Bérénice, je te fais Présidente.” Boum ! Le v'là Président. Tu t'amènes à Paris pour le mariage. Mais voilà ! Giscard savait pas tout : il y a une loi qui empêche un président de la République française d'épouser une reine et en plus une reine de Massy-Palaiseau. Une étrangère. Si le Président célibataire se marie, il ne peut épouser qu'une Parisienne. C'est comme ça, c'est la Loi. Et en devenant Président Giscard a juré de défendre la Loi. Alors il t'adore, tu l'adores et il n'ose pas te dire que ça ne va plus coller [...] tu lui lances : "Puisque tu es Président, change-la, cette Loi ! Sinon à quoi tu sers ? » Enfin... dit mieux que ça et en vers bien sûr ! Et en lui disant vous. Il répond : "Changer la Loi. J'peux pas." »

Cette merveilleuse parodie me fait rire à chaque fois. Elle illustre, d'une façon qui m'enchante, le contraste entre la tragédie de Racine et sa transposition moderne et simplifiée. Mais cette différence consiste précisément dans le fait qu'il s'agit de sentiments qui se situent à un autre niveau que celui du quotidien et s'expriment dans un langage qui lui aussi se situe plus haut que le langage habituel. En sorte que l'essentiel n'est pas du tout de chercher à reconnaître ici ou là, dans tel sentiment isolé, quelque chose qui ressemble à notre vie quotidienne : il est de nous élever, par-delà tout ce que nous connaissons, à une image symbolique et resplendissante que le langage réveille en nous, par-delà toutes nos expériences.

*

Il était temps de me reprendre : ces simplifications abusives allaient me gâter mon plaisir ! J'allais presque perdre contact avec la tragédie qui m'avait émerveillée. J'évoquais une séparation : bien entendu, il s'agissait d'une séparation ; mais quelle folie de ramener toute l'œuvre à cette idée rudimentaire ! Allais-je oublier le nœud dramatique, étroitement serré, dans lequel se mêlent et se heurtent les passions ? Allais-je oublier ce heurt insurmontable entre un devoir et un désir, tous ces revirements à l'intérieur de chacun et l'espoir et ces désespoirs ? Allais-je oublier ce murmure des cœurs déchirés, où chaque personnage a besoin d'avoir près de lui un confident, qui le comprend, le pousse, le retient ? Allais-je oublier la façon dont la décision de chaque héros retentit sur le cœur des autres ? Et la façon dont Antiochus est pris en étau entre l'un et l'autre, obligé de parler au nom de son rival, obligé de se taire et tantôt de rester ou tantôt de partir ? Cette densité implacable avait bouleversé mon après-midi ; et j'en étais à chercher de petits exemples de rapprochements infantiles ! Ces hésitations et ces revirements, ces silences ou ces fuites lorsque le personnage ne peut plus résister, tout cela me revenait enfin.

Et le langage des vers, lui aussi, reprenait son sens : non pas seulement un langage altier nous emmenant dans un monde différent, mais un langage souple, capable de suivre tous les mouvements de l'émotion. Je sens bien que le vers, chez Racine, est tout autre chose, et bien davantage. Je le savais, je l'ai toujours su. Même dans mon métier de professeur, que j'incriminais à l'instant, c'est cela que j'ai essayé de leur faire sentir : la beauté et la souplesse de l'expression, et la possibilité qui est en elle de faire sentir les passions et les émotions avec une force qui est pour nous une découverte – une découverte en même temps qu'une soudaine évidence.

J'ai regagné mon divan, après avoir soigneusement fermé volets et rideaux ; seule une lampe très douce éclaire la pièce ; voici que l'enchantement – le vrai – reprend possession de moi, et que, pour moi-même cette fois, je me mets à plaider pour l'émerveillement.

Il est vrai que les vers se suivent, chacun faisant attendre celui qui va venir ; mais parfois un contraste s'établit justement entre l'un et l'autre ; et l'éclat du second vers s'accroît ainsi de ce à quoi il s'oppose ; cet éclat est encore renforcé par le rythme et par la rime. C'est le cas dans ces vers que je citais peut-être plus haut, mais que j'ai si souvent entendus et réentendus : « Depuis cinq ans entiers chaque jour je la vois / Et crois toujours la voir pour la première fois. » Cela est dit de façon si simple, si forte, et si douce… Aux émerveillements de l'amour répond la longueur cruelle de la séparation. Et là, on voit le vers s'étirer, pour exprimer, directement et dans son rythme même, la longueur du temps de l'attente. Bérénice ne dit pas : « Plus tard comment supporterons-nous », mais : « Dans un mois, dans un an », et le vers se prolonge encore : « comment souffrirons-nous, Seigneur… » Et pour exprimer l'attente elle ne dit pas « que les jours se succèdent », mais « qu'ils commencent et qu'ils finissent », ou plus fortement encore : « Que le jour recommence et que le jour finisse, / Sans que jamais Titus puisse voir Bérénice » : la rime féminine prolonge le vers, comme un soupir ; mais ce n'est pas assez ; la jeune femme ne se contente pas d'évoquer une seule fois cette séparation : elle répète en revenant vers elle-même et vers sa propre peine : « Sans que de tout le jour je puisse voir Titus » ! Les mots « de tout le jour » pourraient être une répétition ; mais, justement, ils détachent son cas à elle, et prolongent l'expression, qui devient l'image même de cette interminable séparation.

Et ces précieux effets sont obtenus grâce à toutes ces petites syllabes muettes, qu'il ne faut pas avaler ni abréger : elles nous entraînent ainsi dans leur écoulement régulier…

Et puis, dans ce flot pressé des vers et des demi-vers, il y a les temps forts, qui font tout à coup surgir une opposition et un contraste, sensibles même à l'oreille la moins exercée. Tout à l'heure, je me remémorais ce vers riche de sens et si humain : « Si Titus est jaloux, Titus est amoureux » ; mais à présent, rien que d'y penser, l'ordonnance des mots m'enchante ! Ils prennent, du fait même de leur place, la force d'une affirmation. De même, lorsque Antiochus, dans son sursaut de jalousie, s'écrie : « Je fuis ces yeux distraits / Qui, me voyant toujours, ne me voyaient jamais », l'amertume avec laquelle il lance aux deux hémistiches le « toujours » et le « jamais », donne à son reproche le caractère d'une implacable protestation.

Et ce n'est pas toujours le jeu presque mécanique qui fait jaillir un contraste entre ces deux places de choix à ces deux moments du vers : le contraste peut se faire attendre un peu plus, être séparé par ces syllabes un peu inutiles que sont les « seigneur » ou les « hélas », qui font attendre le mot essentiel réservé pour l'hémistiche. C'est le cas lorsque Bérénice dit à Titus : « Vous êtes empereur » : l'opposition sera avec « Vous pleurez » ; mais le vers dit, en fait : « Vous êtes empereur, Seigneur, et vous pleurez. »

Parfois aussi, parce que le vers est vivant et suit le mouvement du sentiment, il y a des ruptures, qui sont merveilleusement révélatrices ; elles mettent en relief un mot. Et j'aime à retrouver, aujourd'hui, au sortir de ce long bain de poésie, des formules dont la souplesse tout à coup m'enchante : ainsi quand Antiochus multiplie les circonstancielles pour aboutir à la déclaration dramatique : « Je pars », ce « Je pars » est aussitôt suivi de la césure : « Je pars – fidèle encor quand je n'espère plus. » Du reste, puisque j'ai remarqué tout à l'heure qu'Antiochus avait le dernier mot de la pièce, comment ne pas penser à ce vers, qui en marque la fin, ce vers qui exprime à jamais la séparation et qui n'a pas tout à fait la force d'aller jusqu'au bout, comme si l'on sentait le renoncement de la désolation. C'est Bérénice qui le prononce et qui dit : « Pour la dernière fois, adieu, Seigneur » : on dirait que la voix lui manque pour aller jusqu'à la fin du vers, et c'est Antiochus qui lui fait écho, comme le son d'une cloche entendue dans le lointain, avec un seul soupir : « Hélas ! »

J'aurais pu continuer ainsi, longtemps, mêlant les souvenirs de vers si bien connus et l'habitude que j'ai contractée tout au long de ma vie de vouloir comprendre comment les choses sont faites et l'expliquer aux autres et m'en réjouir moi-même. Les vers, cette fois, me semblaient, dans leur souplesse et dans leur harmonie, être le langage même de ces souffrances incompatibles, et comme le plus beau témoignage de ce que l'on appelle littérature.

Je me souviens même que je me suis levée et que, savourant ma joie, j'ai été jusqu'au magnétophone ; j'ai appliqué la main sur sa forme silencieuse, comme prise du désir d'en entendre encore un peu ; mais je ne l'ai pas fait. Il me semblait que j'étais si riche que je n'avais pas besoin d'en entendre davantage, et surtout que je ne pouvais même pas en entendre davantage, tellement le trésor accumulé en moi était éblouissant.

*

Au lieu de cela, je suis retournée vers le divan et me suis étendue tout de mon long, bien à plat, décidée à profiter pour moi de ce que cette audition si exceptionnelle m'avait apporté. Les vers résonnaient en moi, revenaient, disparaissaient ; ils n'étaient là que pour dévoiler, à jamais, la trace des passions que j'avais tout le jour vécues sans les avoir moi-même jamais éprouvées. Aujourd'hui, je les avais vraiment ressenties, en moi, pesant dans ma poitrine, altérant jusqu'à ma respiration. Ces passions que je prêtais tout à l'heure aux petits élèves de troisième ou de seconde, il est parfaitement vrai que je ne les avais jamais éprouvées, pas en moi, pas dans ma vie, pas avec cette force et cette terrible dépendance.

Je sais bien que j'avais éprouvé des sentiments personnels, qu'Antiochus m'avait serré le cœur. Mais pourquoi cela ? Pas parce que j'avais été moi-même Antiochus ; pas parce que j'avais soupiré en vain pour une princesse lointaine, pendant des années, non, bien sûr que non ! Je crois qu'il m'avait serré le cœur, parce que dans ma vie j'avais connu un Antiochus et que je m'étais sentie coupable envers lui ; que peut-être je le sens encore aujourd'hui. Mais c'est parce que la lecture de Racine vous élargit le cœur, qu'elle vous place au-dessus de votre propre vie, et vous aide à mieux mesurer la portée de ce qui vous a entouré, et qui, à présent, prend une dimension nouvelle. On ne « reconnaît » pas les sentiments qu'expriment les héros raciniens : on les découvre dans toute leur force et on les fait siens, s'ouvrant ainsi à tous les sentiments qu'il ne nous a pas toujours été donné de connaître.

Et c'est ainsi que seule, immobile et les yeux fermés, je sens rôder autour de moi tous ces vers de Racine, si connus et toujours à redécouvrir, qui, en dehors même de *Bérénice,* font être ce que nous n'avons jamais été. Souvenirs de leçons jadis apprises, trésors abandonnés où s'accroche encore une part de rêve, tout se pressait en moi, comme des fragments de merveilles rejetés par la mer… Parfois c'était l'amour qui proteste et s'affirme, ainsi lorsque Hermione proteste : « Je ne t'ai point aimé, cruel ? Qu'ai-je donc fait ? » Ou bien c'était l'amour involontaire progressivement avoué par Phèdre au jeune Hippolyte ; il est le fils de Thésée dont elle est l'épouse ; et c'est d'abord de Thésée qu'elle semble lui parler ; seulement c'est d'un Thésée fidèle : « Mais fidèle, mais fier, et même un peu farouche... » ; et, peu à peu, l'évocation prend forme, devient l'image même d'Hippolyte : « Charmant, jeune, traînant tous les cœurs après soi, / Tel qu'on dépeint nos dieux ou tel que je vous vois. » Partout, toutes les formes d'amour fusent, et m'entourent et s'expriment en des vers familiers. Ce peut être aussi l'amour filial, l'amour d'Iphigénie pour son père qui veut la sacrifier, « moi qui la première, Seigneur, vous appelai de ce doux nom de père »... Ou bien c'est l'amour maternel déchiré de cette Clytemnestre qui reviendra seule, après l'immolation de sa fille ; c'est elle qui le rappelle : « Et moi, qui l'amenai, triomphante, adorée, / Je m'en retournerai seule et désespérée ? »...

Je n'ai jamais éprouvé de l'amour pour un beau-fils, je n'ai jamais supplié un père prêt à m'immoler, je n'ai jamais été une mère dont la fille vient d'être sacrifiée ; mais tout cela est entré en moi, est devenu une part de moi, à divers moments de ma vie. Je me souviens même que, lorsque j'étais élève au lycée, en quatrième ou en troisième, notre professeur, qui avait le sens des vers et une fort belle diction, a, un jour, fait résonner ce vers jusque dans nos cœurs ; et je revois encore et la forme de la classe et la silhouette du professeur alors que les vers ont depuis lors traversé ma longue vie. Et, là aussi, je me retiens à peine de remarquer avec reconnaissance le contraste entre les deux vers ou bien la rime féminine qui lie entre eux les deux adjectifs opposés et achève le tout comme une sourde plainte. Ma ferveur, je le comprends bien ce soir, date vraiment de très loin…

C'est une drôle de chose que d'être là, si âgée, seule chez moi, et de trouver encore un tel bonheur en cette présence qui m'entoure et qui est toute littéraire. Et n'est-ce pas une chance que d'avoir passé toute une vie en contact avec cette littérature, que d'avoir eu la faveur de la commenter si souvent et de parvenir, tout à la fin de ma vie, à en savourer plus intensément que jamais l'incompréhensible plaisir ?

Le petit magnétophone, qui repose, silencieux, sur ma table de travail, mérite bien, lui aussi, un petit salut de la vieille dame reconnaissante !

DES TACHES SUR UN MEUBLE ANCIEN

Pour les objets qui m'entourent et me sont familiers, j'ai souvent un petit regard d'amitié, chaque fois que mon attention se pose sur eux : ce n'est pas le cas pour le plus beau des meubles de cette pièce, loin de là. Je crois bien, quand je regarde mon bureau de travail, un meuble ancien et précieux, éprouver plutôt comme un fugitif malaise. Je l'ai remarqué à plusieurs reprises, peut-être justement parce que c'est là une réaction inhabituelle et surprenante.

J'étais pourtant tout heureuse avec ma table chargée d'histoire ! C'est un meuble du plus pur Louis XV ; elle a traversé des siècles pour venir jusqu'à moi, intacte et aristocratique avec ses pieds doucement galbés. Mon mari m'en a fait présent quand nous nous sommes installés à Paris ; il m'a dit que c'était la table de son père. Il m'a même fait observer qu'elle était dans un état parfait, que le cuir était d'époque et appartenait au meuble dès l'origine. Il était fier de ce don et j'étais fière aussi de m'en servir : moi qui avais travaillé jusqu'alors sur des rebords de secrétaire ou des tables de fortune, dans une sorte de perpétuel campement. C'était un début heureux.

Elle m'a accompagnée toute ma vie ; je me suis habituée à cette surface de bois, doucement polie, dont chaque côté se trouve légèrement incurvé, comme pour faire la place et accueillir celui ou celle qui va s'en servir.

Et vraiment j'en ai pris soin ! Chaque fois qu'il a fallu la bouger, cette précieuse table, on a bien pris garde à retirer les tiroirs pour que le poids soit moindre ; et l'un disait à l'autre, à chaque fois : « Attention ! Attention à la table ! Doucement... » Et pourtant, je dois avouer : je l'ai irrémédiablement abîmée ! Tout le dessus de la table était couvert d'un cuir ancien, légèrement fauve et tirant sur le vert, bordé d'un très discret motif doré, tout autour. Eh bien ! le fait est là : ce beau cuir d'origine à la douce couleur est actuellement couvert de grandes taches sombres, qui défigurent tout.

Quand j'y pense, j'ai envie de dire comme les enfants : « Ce n'est pas ma faute ! » En effet, ce cuir ancien présente cette particularité que la moindre goutte d'eau y fait inévitablement une tache sombre, indélébile. Il a dû y avoir, un jour, un vase de fleurs dont le fond était humide, peut-être même un vase où l'on a laissé échapper quelques gouttes ; ou bien l'on a posé là un objet qui avait été mouillé par la pluie et n'était pas tout à fait sec ; et, à partir du moment où le cuir a été taché, on en a pris moins grand soin : le mal était fait.

Il y a quelque temps, une amie bien intentionnée m'a dit : « Mais vous pouvez facilement le faire changer, ce cuir ! » Hélas, j'ai assez l'expérience des meubles anciens et des objets de collection pour savoir que, dans ce cas, le meuble perdrait aussitôt une bonne part de son authenticité et de son prix, sans parler de son élégance. J'ai dû hocher la tête et répondre avec une indifférence lassée : « Ce ne serait plus la même chose ; il n'y a rien à faire… »

Comme je prononçais ces mots, un souvenir lointain m'a brusquement saisie, oublié depuis bien des années. J'étais encore une petite fille, en visite chez un grand-oncle et en train de jouer avec des papiers sur mon bureau. Je me suis fait alors une tache d'encre au doigt ; c'était la première fois ; or, on m'avait dit que les taches d'encre ne disparaissaient jamais ! Je me souviens du désespoir d'enfant qui fut alors le mien ; j'étais terrifiée par l'irrémédiable ; sur ma main encore potelée et fraîche, j'ai cru devoir porter à jamais cette marque comme une difformité pour la vie. On m'a consolée, et sans doute frotté les mains à la pierre ponce : je ne me rappelle plus ;

mais je pense que j'ai alors découvert l'existence d'accidents liés au temps et auxquels parfois on ne peut plus rien. Serais-je alors devenue maladivement sensible aux taches que ce temps apporte avec lui ? L'idée m'a effleurée et choquée ; je me suis dit que j'y réfléchirais plus tard ; et, hâtivement, j'ai dit à mon amie que cela ne faisait rien et que j'aurais sans doute dû prendre de ce meuble un peu plus de soin… Je remplaçais ainsi une terreur ancienne par une petite culpabilité quotidienne et nous avons parlé d'autre chose.

*

Mais les souvenirs cheminent en nous alors que nous croyons les avoir fermement relégués dans l'oubli. L'idée de cette petite culpabilité, que j'avais ainsi lancée à la légère, a subrepticement progressé en moi, se marquant par de brèves réapparitions. Je savais bien qu'il ne s'agissait pas seulement de mon bureau de travail ; je ne l'ignore pas : je ne me suis jamais montrée digne des beaux objets qui m'étaient ainsi donnés et confiés.

Certes, j'ai fait attention à mon bureau – à ma manière. Mais je me rappelle très bien que, dans nos différents appartements, année après année, il était tout à la fois admis à une place d'honneur et traité comme un vulgaire outil de travail. Partout, il a été couvert de papiers et de documents mais aussi de livres et de dictionnaires, empilés à la hâte, qui pesaient les uns sur les autres et glissaient à droite ou à gauche, dans le désordre de la recherche. Et moi, à longueur de journée, j'étais assise là, de travers, les cheveux décoiffés, et offrant une image très peu digne, j'en ai conscience, de ces élégances d'un autre siècle. Je me souviens même que, dans le premier appartement que nous avons occupé à Paris, j'étais installée, avec mon beau bureau, dans une pièce à part, à un étage séparé. Une fois, une journaliste est arrivée jusqu'à moi : elle se livrait à une enquête sur les femmes ou sur l'élégance ; me voyant alors lever vers elle un regard comme absent, elle a contemplé la scène et les livres et le désordre, puis, s'éclipsant très vite, elle a murmuré : « Oui, je vois, je fais erreur… » Je n'étais pas faite pour les beaux meubles ni pour les beaux objets !

Je l'ai toujours su et j'en ai toujours eu un remords latent. Je me rendais compte qu'avec toutes les possibilités qui m'étaient généreusement offertes, j'aurais pu et j'aurais dû en profiter mieux et en faire profiter les autres ; j'aurais pu et j'aurais dû tisser autour d'eux, et de tout ce qui m'était confié, une vie, elle aussi, élégante ; on l'attendait de moi ; et je ne l'ai pas fait.

Oui, c'est bien d'un mode de vie qu'il s'agissait. Je n'avais pas le temps de recevoir, je n'avais jamais le temps de rien ; et je restais éloignée, perdue dans un zèle professionnel qui devait, à bien des égards, me rendre terriblement décevante.

Je me souviens ainsi qu'un jour, mon mari a insisté, me disant qu'il faudrait vraiment donner un dîner pour des collègues professionnels qu'il souhaitait accueillir. Oui, je m'en souviens : je lui ai répondu que je n'avais absolument pas le temps, mais que, s'il le voulait, il n'avait qu'à tout organiser et que ce serait très bien ainsi. Ce n'était certes pas là le propos d'une très bonne épouse. Mais je ne l'ai pas senti ainsi sur le moment : j'ai le souvenir, seulement, d'un dîner très réussi. Je ne connaissais ni les invités, ni les personnes qui servaient, ni le menu, presque pas la vaisselle ! Je trouvais cela, au total, fort amusant. Mais était-ce bien normal ? Et pour moi, qui prône si volontiers la gentillesse, était-ce bien généreux ? C'était, hélas, à mon image…

La faute vis-à-vis des objets était mince, mais les taches, qui semblaient me poursuivre depuis un moment, se reliaient maintenant au souvenir de ma vie elle-même. J'avais abîmé, plus encore qu'un cuir ou un meuble, le prix qu'auraient dû revêtir les jours qui passaient, les années qui passaient, pour mes proches, pour mon mari, pour sa famille, pour tous ceux qui avaient attendu autre chose de moi et qui étaient restés, inutilement, à me voir peiner sur mon grec, qu'aujourd'hui tout le monde abandonne ; j'avais négligé la gaieté et le confort, le plaisir et l'épanouissement qu'ils attendaient de moi et qu'ils avaient tout fait pour me procurer. Je roulais ces pensées qui m'entraînaient de plus en plus loin. Et pourtant toutes les circonstances étaient réunies pour m'aider, et je n'en ai pas tenu compte.

Or, cela avait continué. Même à présent que je vis seule, dans cette pièce où je me cantonne, restent assez de traces de tous les objets qui comportaient des projets amicaux et chaleureux et qui sont restés oisifs et inutiles. Il y a ainsi, dans la grande pièce, un peu plus loin, une table en acajou, qui, une fois repliée comme elle l'est, ne tient pas beaucoup de place mais qui peut s'ouvrir et comporter des rallonges : tout le monde avait pensé que je pouvais parfois donner des petits dîners pour des proches. La table est restée à peu près toujours repliée et inutile ; je n'ai pas plus reçu mes propres amis, ici, que je n'avais reçu les nôtres, dans l'appartement plus vaste où l'on attendait cela de moi. Il y a aussi ces grands flambeaux anciens en argent torsadé qui feraient si bien sur ma table, même si je n'avais que deux ou trois amis ; mais je ne les ai éclairés qu'avec des bougeoirs de pacotille et j'ai tout laissé fuir entre les mains et je n'ai rien donné à personne.

Je sais bien que j'ai eu des excuses. Je n'avais pas reçu l'éducation qu'il aurait fallu pour tenir le rôle auquel j'étais appelée ; et puis, il y a eu la guerre ; nous avons été amenés à nous contenter d'une vie très simple, faite de provisoire et presque misérable. Et, peu à peu, le travail m'a absorbée, j'ai oublié le reste, et négligé les autres.

Tache d'encre sur ma vie et sur celle des miens. Je déteste penser que j'ai bêtement abîmé tant de choses, tant d'heures, tant d'affections.

Tout cela pour des taches d'encre sur un vieux cuir ? Il faut me croire : ruminer mes torts passés n'est pas du tout dans mes habitudes. Ici encore, je n'ai pas le temps ! Mais il faut dire que c'est un des inconvénients du grand âge que d'être ainsi arrêté, trop souvent, dans son activité. N'y voyant plus, je reste assise, à attendre. Et ce qui était un léger malaise se déploie, remplit tout, et pèse parfois d'un poids presque insupportable. Je n'éprouvais, en effet, jusqu'alors qu'un léger malaise devant les taches de mon bureau : je m'en rendais à peine compte ; mais avec l'oisiveté du grand âge, et le recul, et la solitude, tout se déploie, se renforce et cela n'est pas agréable. Les roses de la solitude ne sont pas des roses sans épines.

Ces tristes méditations, avec leur poids d'amertume, avaient dû toujours exister en secret ; de temps en temps, elles avaient pu devenir un moment conscientes, puis s'effacer ; et je ne doute pas qu'à l'avenir elles doivent souvent reparaître. Je m'y abandonnais ce jour-là, avec une âpreté dont je n'aime pas à me souvenir. Comme pour les fuir, j'ai quitté mon fauteuil, j'ai été vers la table à bridge, j'ai fait semblant de ranger quelques lettres. Et puis, dans ces lettres, j'en ai reconnu une, reçue le matin même, qui était chaleureuse et reconnaissante : elle parlait d'une conférence, qui, en effet, s'était passée à souhait. J'ai reconnu l'écriture, sans pouvoir lire les mots ; et une sorte de paix est entrée en moi. La longue accusation, qui avait comme brouillé l'image même de ma propre vie, se taisait tout à coup ; j'avais touché du doigt, à nouveau, la réalité de ce métier auquel j'avais tant sacrifié, y compris dans la vie des autres. C'était ce métier qui m'avait aveuglée à la présence des autres, à ce que je leur devais ; mais rien que ce bref contact me rappelait que cela avait été un beau métier. Oui, un très beau métier ! Aurais-je pu le pratiquer comme il convenait si je m'étais répandue en mondanités ? Aurais-je pu avancer tant soit peu dans la tâche qui était la mienne, si j'avais vraiment essayé de m'adonner à des activités pratiques, d'être élégante, de m'occuper des autres ? Ceux-là mêmes qui m'entouraient, et qui avaient le plus souffert de mon attitude, m'avaient, de leur plein gré, laissée évoluer en ce sens ; ils m'avaient choisie telle que j'étais, ils m'avaient aidée à faire ce que je croyais bien et que j'aimais. Ils avaient dû, certainement, éprouver même quelque sympathie pour le zèle avec lequel je m'y adonnais. Ils méritaient mieux de ma part, cela est sûr ; mais ils m'avaient laissée, sciemment, m'adonner à cette passion, même à leur détriment. Pour dire la vérité, je me demande même si, le jour du fameux dîner qu'il dut organiser tout seul, mon mari ne s'est pas étonnamment amusé ! Il était fier de sa réussite et, peut-être, le tout avait-il été pour lui plus un jeu qu'un abandon.

Doucement, la paix revenait dans mes veines ; et je me redressais. Cela ne veut pas dire que les longs reproches dans lesquels je m'étais morfondue fussent devenus tout à coup caducs. Je savais très bien que j'avais mené ma vie avec égoïsme, que j'avais porté tort à ceux qui m'étaient le plus chers, que j'avais déçu des attentes. J'avais bien compris – et peut-être depuis toujours – que j'avais abîmé bien plus que des meubles anciens et de vieux cuirs : j'avais déçu et abîmé ceux avec qui je vivais. Rien à faire : c'était ainsi. Peut-être dans une vie est-ce plus ou moins inévitable ; mais cela était dans mon cas terriblement flagrant. Jamais plus je ne l'oublierais. Mais je comprenais à présent que cela s'était fait tout seul, malgré moi, et que je n'y pouvais plus rien. Il fallait l'accepter, et continuer. Il ne fallait pas en faire un drame, ni revenir trop longuement sur cette idée pourtant très vraie. C'était comme si deux mots latins chantaient à mes oreilles, très attendus et très efficaces, qui répétaient : « *Absolvo te...* » Il fallait reconnaître la vérité, mais tourner la page, et n'y plus penser.

Sans nul doute, on peut très bien n'y plus penser. C'est comme si l'on mettait par-dessus tout ce monde de souvenirs et de culpabilité un gros oreiller assez épais pour que l'on ne sache plus ce qu'il y a dessous. Pourtant il y a quelque chose : et cela pèse d'un poids discret, sans nom, toujours présent, comme un rappel que tout n'a pas été comme il aurait fallu. Et que l'on fait exprès de l'oublier. Tout comme notre corps se souvient de petites douleurs à présent guéries, mais prêtes à se réveiller à la moindre occasion, un petit regret est là, caché, qui reviendra se manifester à propos de rien ; il reviendra, même s'il est ancien. Car ce que l'on a une fois éprouvé et reconnu pour vrai peut bien être relégué à l'arrière-plan, mais ne peut plus jamais être totalement aboli.

Était-ce pour répondre à cet obscur remords que je venais ainsi d'agiter ? Ou bien était-ce au contraire pour tout effacer par une action pratique ? Toujours est-il que, contemplant ce bureau, qui avait été le point de départ de toutes ces méditations fâcheuses, j'ai eu une idée. J'ai été chercher dans la cuisine une cire particulièrement recommandée que j'avais achetée il y a bien des années et dont je ne m'étais jamais servie. Je l'ai trouvée et j'ai trouvé aussi un joli chiffon bien propre ; et bientôt, j'étais accroupie devant le fameux bureau, nourrissant son vieux bois fatigué de cette crème douce et enrichissante. Cela sentait bon la cire, et la propreté. Grâce à Dieu, la vie pratique m'avait ainsi totalement reprise. Le bois était très sec, un peu abîmé, lui aussi ; et il me semblait en passant sur lui cette cire odorante le protéger, le nourrir, comme un être vivant. Je réparais, un peu tardivement, mon indifférence d'antan ; et je m'amusais de devenir enfin, à mon âge, une soigneuse ménagère ! L'action, en fin de compte, est bien le remède le plus sûr aux réflexions désagréables.

*

J'étais donc accroupie devant la table, à lui donner ces soins tardifs et imprévus, lorsque arriva une dame qui vient souvent m'aider pour mon courrier ou mon travail. Me trouvant ainsi occupée, elle s'étonna, à juste titre ! Et elle ne manqua pas de me faire compliment sur ce zèle inhabituel. Je lui expliquai donc ce qui m'avait amenée à ce sursaut et à ce zèle de ménagère et je lui ai montré les taches sur le cuir qui avaient été à l'origine de tout. Elle eut alors une remarque des plus banales, mais qui prit tout à coup pour moi un éclat qui me surprit. J'hésite presque à la citer, cette remarque, tant elle relève de la sagesse populaire et semble n'avoir à jouer aucun rôle, à aucun moment, dans une réflexion sérieuse. Pourtant, il faut le reconnaître : pour la deuxième fois, à propos de ces taches, c'est une remarque innocente venant d'un tiers, qui chaque fois m'a lancée dans toute une méditation et dans une suite d'émotions tout à fait personnelles. Pourquoi un mot tombé par hasard et qui semble n'avoir aucun vrai sens peut-il ainsi ouvrir les vannes à toute une série de pensées importantes et émouvantes ? Il faut croire que tout était là présent, attendant de se montrer, prêt à surgir au moindre mot. Il faut croire que la vérité mûrissait en moi, toute seule, cherchant une voie d'accès à ma conscience. Il faut croire qu'il y avait beaucoup plus de forces souterraines agissant en dessous du seuil de ma conscience, prêtes à jaillir par la moindre fissure. Tout cela pour des taches sur un vieux cuir ! Tout cela pour des remarques dignes de la sagesse populaire, et ne méritant pas la moindre attention ! Cela s'est passé ainsi ; et ce fut comme lorsqu'un abcès longuement mûri et gonflé s'ouvre brusquement à l'air libre. Et je m'aperçus alors que ces diverses accusations sur mon égoïsme n'avaient nullement épuisé la question, qu'elles étaient même complètement en dehors de la vérité la plus importante.

Pourtant ce fut si banal ! Lorsque je lui ai expliqué que ces taches avaient si gravement abîmé le meuble, elle m'a répondu simplement : « Eh, oui ! Les choses s'abîment… C'est comme nous tous… »

J'approuvai courtoisement, comme si la remarque avait été sans aucun intérêt et ne me concernait pas ; mais je sentais que s'ouvrait en moi la découverte d'un aspect tout nouveau des choses. Je n'y avais pas un instant pensé. Et c'était le plus important.

Abîmés ? Bien entendu ! Les mots s'appliquaient beaucoup plus à moi-même qu'au bureau et à son cuir. Je ne me réclamais certes pas de la même ancienneté ni de la même élégance ; mais je n'étais plus du tout la même personne que j'avais été dans ma jeunesse. J'ai passé quatre-vingt-dix ans ; je n'y vois presque plus, j'entends mal, je me déplace avec une canne blanche et je dois demander de l'aide pour traverser la rue. Mais je ne vais pas vous donner le détail de mes misères ; car tout l'effort des gens de mon âge vise continuellement à les dissimuler, à faire semblant, à présenter l'aspect le plus normal possible. C'est un effort de tous les instants ; et c'est une humiliation. On a sans cesse besoin d'aide ; et l'on déteste être aidé plus qu'il n'est strictement indispensable. On égare les objets, on oublie d'abord les noms propres, puis les idées, puis ce que l'on croyait connaître ; on découvre un jour que tel mouvement est douloureux, ou que tel autre n'est plus possible. Ou bien on découvre que l'on ne peut plus aller aussi loin, dans des promenades cependant courtes ; qu'il devient impossible de rester trop longtemps debout et difficile de descendre un escalier. Et, puisque tout est parti des taches, ne sait-on pas qu'il vous vient progressivement de vilaines taches brunes, à propos desquelles un docteur vous dit avec indifférence : « Oh ! Ce n'est qu'une tache de vieillesse… »

En un sens, je pourrais dire que la boucle est bouclée : comme enfant, je m'étais désespérée de ces taches d'encre que je croyais indélébiles : voici maintenant des taches qui le sont vraiment, des taches pour toujours. Et elles sont annonciatrices de bien d'autres détériorations, qui iront en nombre croissant, jusqu'à la fin. Je sens cela à chaque minute de chaque journée. Et je m'étonne, parfois, quand j'entends des hommes religieux, des prêtres, se moquer des vieillards, parlant de vieilles taupes et de leurs dentiers comme s'il ne fallait pas un courage et une décence exceptionnels pour poursuivre, à tâtons, son chemin quand on y voit mal, pour cacher que l'on n'a plus de dents et sourire encore quand il faut ! Ce manque de charité chrétienne me choque comme une injure personnelle.

Et ces misères, qui ont abîmé notre corps comme les taches d'eau ont abîmé le cuir du bureau ancien, ne sont pas seulement le fait du très grand âge. Cela a commencé très tôt, dès la jeunesse. On ne s'en est pas aperçu ; les cheveux sont devenus moins brillants, les joues plus molles, les jambes plus lourdes. Peu à peu, année après année, jour après jour, nous nous abîmons ; et nous percevons de mieux en mieux que la fin approche. Nous le savons tous depuis toujours. Et tous ceux qui ont disparu avant nous, que nous aimions, qui nous aimaient, nous ont trop clairement appris ce que c'est que d'être mortel. Et nous y pensons, bien entendu ! Nous y pensons quelquefois, souvent ; mais nous essayons de ne pas trop insister. Là aussi, nous mettons un gros oreiller par-dessus toutes ces pensées, pour pouvoir continuer à vivre.

Sans doute est-ce bien là ce à quoi obscurément me faisaient penser les taches sur ce bureau, dont je me détournais : elles étaient la marque du temps qui passe, des êtres qui meurent, du temps qui ne reviendra jamais. Ce tout petit signe concret me rappelait ce que, pour vivre, on est obligé d'oublier, à savoir la destruction régulière et inévitable de tout ce qui nous entoure et de tous ceux qui nous entourent.

C'était donc plus grave encore que je n'avais cru. Et pourtant, curieusement, cette découverte ne m'accablait pas.

J'étais étonnée, arrêtée, comme par la perception d'un grand vide qui se serait soudain révélé à moi. Mais la présence de la personne venue pour m'aider m'empêchait d'y arrêter ma pensée. Et j'étais disponible, tranquille ; j'attendais d'y voir plus clair ; et – comment dire ? – je crois bien que je me réjouissais à la pensée de bientôt mieux comprendre.

C'était un peu étrange, et la suite le fut plus encore. Une fois seule, en effet, l'absurde sérénité qui était née en moi se fit plus nette encore.

Pourtant, je comprenais bien, à présent, pourquoi je m'étais si souvent involontairement écartée de mon bureau avec ce léger sentiment de malaise : sans que je puisse en avoir conscience ces taches me rappelaient non seulement les erreurs de ma vie passée, mais la présence du temps qui s'écoule et détruit tout pour nous conduire peu à peu à la mort. Cela avait dû être très vague en moi, et très fortement repoussé vers l'inconscient. Cependant, qu'y avait-il de nouveau dans ce rapport si secret et si étroitement lié aux plus vives douleurs ? N'avais-je pas toujours su que le temps passe, que les choses s'abîment, que les affections s'usent, et que, pour finir, les êtres les plus chers vous sont arrachés, en attendant que nous-mêmes nous disparaissions de cette terre ? N'avais-je pas toujours su, après tous les deuils que j'avais connus, que l'homme n'est pas immortel et que rien ne dure ? Ne m'étais-je pas avisée que le temps de la jeunesse, de la force, des beaux meubles et des grandes tendresses, me fuyait progressivement entre les mains, comme fuit tout le reste en ce monde ? Même si je n'y pensais pas constamment, je ne le savais que trop. Il n'y avait donc là aucune découverte. La seule découverte était ce rapport étrange avec les taches du bureau. Peut-être y avait-il eu dans ma vie une époque où j'avais été moins consciente de ces menaces et avais préféré n'y pas penser ; d'où le malaise que j'ai dit. Mais à présent qu'il se révélait, il était devenu comme périmé ; car, maintenant, je savais ! Les réflexes extérieurs m'étaient restés d'un temps déjà ancien : ils m'étaient aujourd'hui révélés, alors que leur action même était désormais émoussée. Cette destruction de tout, et de moi pour finir, je l'avais depuis longtemps acceptée.

J'ai aéré la pièce, rangé des papiers : il me semblait que je retrouvais un ordre. D'ailleurs, il était moins cruel de penser à la fragilité universelle des êtres et des choses, que de devoir incriminer des conduites dont je serais responsable. J'avais eu la tentation de le dire dans ma toute première réaction : « Ce n'était pas ma faute » ! Tous les reproches que je m'étais adressés, et qui étaient fort justes et mérités, s'effaçaient devant la perspective de cette usure générale à laquelle je ne pouvais rien. Les choses étaient comme cela, pour tous, toujours. Et mes regrets s'amenuisaient de se confondre avec le sort commun.

Je me souviens que j'ai été coller mon front à la vitre, regardant vaguement vers l'extérieur, sans rien voir. Je me sentais très loin, au-dessus de la vie quotidienne, des négligences et des oublis, des marques irréparables d'un inévitable égoïsme. J'étais vers la fin de ma vie, prête à dire : *« absolvo te »,* à présent, résonnaient en moi deux autres mots, portant l'avertissement indéfiniment répété : *memento mori,* « souviens-toi de la mort à venir ».

Mais quoi ? Qu'y aurait-il alors ? Et quel sort m'attendait là ? Je ne le savais pas : pour l'instant, je n'étais pas morte. Je n'étais pas morte, et je pouvais encore, bien qu'avec peine, travailler, continuer, admirer, et essayer de faire pour le mieux. De même, plusieurs volumes de ma bibliothèque avaient sans doute été plus ou moins tachés, fatigués, déformés ; certains même avaient été déchirés et ne tenaient que par des élastiques ; eux aussi avaient été abîmés ; mais les textes eux-mêmes, le contenu, la joie qu'ils pouvaient me donner, et cela après des siècles et des siècles, restaient vivants et présents. Les voix d'Homère ou de Thucydide, auxquelles j'avais tant prêté d'attention, et peut-être trop, gardaient toute leur force et tout leur relief, après avoir traversé tant et tant de générations. Tout ne s'use pas, tout ne disparaît pas. Peut-être en est-il ainsi, de quelque façon, pour nos vies elles-mêmes.

Je suis allée me jeter sur le divan : j'étais emplie d'une vague tristesse, profonde mais très douce, qui se mêlait au sentiment précieux d'appartenir à un tout, à la fois riche et mystérieux. J'ai même pensé à la musique : en elle on rencontre souvent cette même alliance de la douleur et de l'harmonie. Il y a des chants de souffrance et de deuil qui, cependant, semblent concilier le tout en une grande acceptation, dominée et divinement digne de l'homme.

Les taches sur le bureau étaient bien oubliées ; et j'étais profondément heureuse d'avoir atteint ce moment, dont je devinais qu'il ne durerait pas, mais qui valait bien ce long chemin à travers tant de petits riens. C'était, cette fois, un moment sans la moindre tache !

Après ces moments-là, on peut retourner aux petits travaux obstinés du quotidien : comme dirait ma dernière interlocutrice, « C'est la vie ! »

TAPISSERIES AU PETIT POINT

La remarque la plus innocente peut parfois semer les idées les plus fausses et les plus difficiles, ensuite, à redresser : j'en ai fait l'expérience hier.

J'étais, par simple commodité, étendue sur mon divan et ma petite lectrice me faisait la lecture d'un article assez obscur, dans lequel je devais relever quelques citations ; la jeune Fernande est une fille sérieuse, d'environ trente-cinq ans, qui cherche à se faire titulariser dans son emploi d'enseignante, et doit un peu travailler pour arrondir ses fins de mois. De temps en temps, nous nous arrêtions pour souffler, et pour échanger quelques mots. Et c'est ainsi que, redressant un des coussins de tapisserie sur lesquels je m'appuyais, je lui dis, tout naturellement et presque par habitude, qu'ils étaient l'œuvre de ma mère. Elle regarda la série des coussins au petit point, tous assortis dans diverses couleurs de vert et elle s'exclama :

— Quoi ? Tous ces coussins ? Mais il y en a pour des heures et des heures !….

Moi, retrouvant la fierté filiale qui m'est devenue assez habituelle, j'ai renchéri :

— Oh ! Mais elle en a fait bien d'autres ! Déjà, quand j'étais encore jeune fille, je me rappelle qu'elle avait couvert d'une ravissante tapisserie un ensemble de chaises en bois de citronnier, très clair ; et je ressens encore le chagrin que j'ai eu quand elle a dû déménager et que cet ensemble de chaises a dû être vendu. Mais elle a continué et en plus de ces coussins dans les verts que vous voyez ici, elle en avait fait, pour elle, toute une série où le motif était bleu clair pour son lit couvert de la même couleur. Je les ai encore ces coussins bleus, dans ma maison de Provence.

Ma petite lectrice semblait dûment impressionnée. D'ailleurs, à mon avis, il y avait de quoi ! Mais je me rendis vite compte que, du coup, elle se représentait ma mère comme une personne retirée, consacrant vertueusement toutes ses heures à ces multiples tapisseries – « la tapissière », comme on dit « la dentellière ». Une femme au visage penché, éternellement à l'ouvrage, tournant le dos à la vie.

J'ai voulu tout de suite rectifier, compléter ; mais, entraînée par ce début et oubliant que la jeune femme ne connaissait rien de ma mère et de ses activités intellectuelles, j'ai parlé comme j'aurais parlé à quelqu'un de plus au courant, j'ai suivi le mouvement habituel de mon admiration pour ces activités si variées. J'ai bêtement été de proche en proche, j'ai dit :

— Mais, vous savez, elle faisait bien d'autres choses ! Si vous aviez su comme elle cousait avec soin et avec finesse, inventant des motifs, et tout cela bien terminé, bien bordé, sans un défaut ! Et elle faisait aussi de la reliure ! Je me rappelle la belle collection de Proust qu'elle a, elle-même, reliée avec de beaux papiers anciens choisis en Italie et qui est encore ici dans la pièce, portant sa marque. Et cela sans parler de ses prouesses en cuisine. Quand nous vivions ensemble, elle s'ingéniait à me préparer des plats particulièrement nourrissants, élégants, variés ; je sais même, quand je passais des examens, qu'elle faisait toujours un bœuf en gelée, une gelée savamment travaillée pour me donner des forces : ce serait facile à avaler si je n'avais pas faim et, en tout cas, nourrissant…

Visiblement, je m'enferrais ! À l'image toute faite de la dentellière, succédait à présent, pour ma jeune lectrice, l'image également banale et artificielle de la femme au foyer, entièrement occupée de soins ménagers ; je le sentais tout en parlant ; je voyais son erreur. De fait, déjà elle murmurait :

— C'est vrai que, dans ce temps-là, les femmes…

D'un geste faussement approbateur, je l'ai arrêtée. Il est vrai que je détestais cette généralisation. Et pourtant je devais reconnaître qu'il y avait quelque chose de vrai. De notre temps, je le sais, les femmes ne font plus guère de tapisserie, ni de couture, ni de cuisine. Elles achètent des vêtements tout faits qu'elles ne savent guère réparer et elles achètent des aliments, accumulés dans le congélateur, qu'il n'y a qu'à faire chauffer un court moment. C'est un grand changement dans les façons de vivre. Et ce qui me frappe tout à coup est de me rendre compte que déjà dans les rapports avec ma mère, ce changement s'annonçait. Elle faisait tout avec soin, entrant dans les détails, finissant chaque travail de façon impeccable : moi pas ! Elle était désolée de me voir achever des coutures sans qu'elles aient été doublées ou faufilées, employer des fils mal assortis, faire la vaisselle à la hâte et sans soin. Elle me disait d'un air désolé : « Oh ! Ma petite fille !.... » Je m'en souviens à présent et je comprends que déjà, en moi, s'annonçait un changement social qui, depuis, s'est précipité au point de me surprendre. J'ai été l'intermédiaire entre deux générations. Oui, et pourtant, parce que j'étais encore proche d'elle comme génération, et parce que je l'aimais, j'ai fait moi aussi un coussin de tapisserie, à ses côtés ; mais je n'en ai fait qu'un seul ; et – signe des temps ! – j'ai eu la malice de le signer d'un petit J. R. dans le coin en bas, tant j'étais fière d'une œuvre déjà exceptionnelle. Et combien j'enrage, moi qui appartiens à cette période de transition, de voir qu'il faudrait élargir une jupe, raccourcir une robe, réparer un détail qui gêne dans une emmanchure : il y avait autrefois des femmes qui venaient faire cela à domicile ; à présent que je n'y vois plus, que je ne peux même plus recoudre un bouton, je m'aperçois de tout ce qui a disparu. En un sens donc elle avait raison, ma petite lectrice ; et c'est sans doute pour cela que je ne l'ai pas laissée continuer.

En fait, je m'agaçais de voir qu'en ajoutant sottement à la tapisserie ces divers arts d'intérieur, j'avais poussé la jeune femme dans le sens même de cette image toute faite qu'elle avait manifestement à l'esprit. Cela me frappait de penser qu'il suffit ainsi d'un mot pour nous jeter vers une certaine idée, que nous avons tirée ou des romans ou des films ou peut-être d'une expérience personnelle, isolée et fugace : ce sont comme des plaques photographiques toutes prêtes ; on en passe une, quelqu'un essaie de rectifier : clac ! En voici une autre ; mais, dans chaque cas, il ne s'agit pas d'une compréhension réelle : il s'agit d'une référence hâtive à ce qui serait comme une sorte de jeu de cartes ; et l'on croit reconnaître une image d'après un seul trait qui vous trompe.

C'était ma faute naturellement. Quelle idée de mentionner devant quelqu'un qui ne la connaissait pas cet unique trait de ma mère – avoir fait des coussins au petit point ! C'était ma faute et j'en avais honte. D'un coup, je me suis redressée sur le divan et je l'ai regardée ; je lui ai dit que non ! Ce n'était pas tout et que ma mère n'était pas seulement ce qu'elle entendait par les femmes d'une autre époque : elle avait à son actif d'autres réalisations, elle avait eu dans sa vie bien d'autres activités. Et soudain, je lui livrai, tout à trac, le fait qu'elle avait écrit des livres, qu'elle avait eu, une ou deux fois, des pièces jouées, qu'elle avait été en rapport avec les plus grands acteurs de son temps, qu'elle avait écrit des adaptations pour la radio, qu'elle avait écrit des comptes rendus des débats politiques du Palais-Bourbon. Oui, elle avait tout fait, tout réussi. Et elle sortait le soir, et elle connaissait des amis brillants, et vivait, sous mes yeux étonnés, la vie de ce monde que j'ignorais et ignore encore pour une bonne part. Pour le dire en un mot, cette femme d'autrefois qui faisait de la tapisserie au petit point était avant tout une intellectuelle !

J'étais assez éloquente, je crois ; mais à chacun des mots que je prononçais, je dois avouer que mon cœur se serrait un petit peu, car je déplaçais l'équilibre et rien ne m'aurait plus contrariée que de trahir le souvenir de tous ces raffinements matériels qu'avaient évoqués mes premiers mots. Je revoyais, tout en parlant, la finesse de sa main quand elle s'affairait sur un ouvrage, je revoyais son joli dé si élégant : tout ce qu'elle avait était élégant ! Et ce dé je le conserve encore, précieusement, de même que les petits ciseaux qu'elle accrochait soigneusement à un coin de la tapisserie, pour les avoir toujours sous la main. Je ne voulais pas avoir l'air de rejeter comme méprisables ces délicieuses réussites qui m'avaient toujours enchantée, même si le monde actuel ne les connaissait plus. Une intellectuelle, oui, sans l'ombre d'un doute ; mais ce mot a pris une valeur et des connotations qui sont beaucoup plus brutales aujourd'hui, et ne comportent plus ces aspects délicats qui me sont si chers.

Plus j'en rajoutais, évoquant ses succès littéraires, plus je sentais que, cette fois encore, j'en faisais trop : de nouveau, chaque touche nouvelle conduisait ma lectrice à une erreur nouvelle.

D'abord j'en disais trop et, de toute évidence, elle ne me croyait pas tout à fait. Elle pensait que j'exagérais. Normalement, on n'a ni tant d'activité ni tant de réussite à son compte. Elle entrevoyait que j'étais animée par une sorte de piété filiale, touchante mais déplacée, qui ne l'empêcherait pas de faire la part des choses…

Et puis, il y avait pire : je me rendais compte que, comme on place une nouvelle plaque photographique dans un appareil à projection, une autre idée toute faite, ne correspondant toujours pas du tout à l'image de ma mère, venait s'imposer à son imagination. Elle se disait, j'en étais sûre, qu'il fallait être une sorte de virago, possédée par une ambition sans limites, saisissant tous les moyens de s'affirmer, touchant à tout et, à vrai dire, assez insupportable. J'avais voulu rectifier, je l'avais orientée vers une nouvelle déformation et une nouvelle trahison.

Et aussi – comment l'avouer ? – jetant ainsi tout pêle-mêle, j'avais moi-même le sentiment que c'était beaucoup, que c'était trop. Comment avait-elle pu faire tout cela, et le faire en restant elle-même, souriante, proche de moi, charmante ? Naturellement, la précipitation de mon évocation était trompeuse : ma mère n'avait pas fait tout cela en même temps ! Il y avait eu toutes les années écoulées, les découvertes nouvelles, et les rencontres successives. Les difficultés mêmes de la vie avaient suscité des ruptures et des renouvellements. Mais j'ai eu à peine le temps de me formuler cette idée, que déjà ma petite lectrice cédait à un étonnement :

— Quelle faculté de travail elle devait avoir ! Et quelle énergie !

Ce n'était pas tout à fait cela : certes, elle travaillait ; mais elle cherchait surtout à satisfaire une curiosité toujours renaissante. Elle se passionnait pour un domaine, elle cherchait à s'initier, elle s'enchantait de le découvrir. Elle s'intéressait aux choses et aux gens. Elle entrait facilement en rapport avec eux. Elle apprenait à connaître mes amis mieux que moi-même, en leur parlant, en s'ouvrant à eux et il en était de même pour toutes les questions qu'elle rencontrait ; même dans son grand âge, nous nous moquions d'elle, lorsque, un jour, étant tombée sur un livre relatif aux Esquimaux, elle nous parlait des Esquimaux avec une insistance et un ravissement qui nous laissaient quelque peu perplexes. Et souvent, quand une question tout à coup lui paraissait vivante et digne d'intérêt, elle se renseignait de tous les côtés en vraie spécialiste. Je me rappelle ainsi la façon dont elle s'est passionnée pour l'histoire de Mazaniello, cet homme simple d'une révolution étrange à Naples, autrefois ; elle voulait écrire quelque chose sur lui ; je crois qu'elle l'a fait ; mais ce n'était là qu'un exemple. Toujours elle vibrait d'intérêt et son activité inlassable ne faisait que refléter cette inlassable curiosité.

Mais comment aurais-je expliqué tout cela à ma lectrice ? Il n'en était pas question. Doucement, je lui dis que c'était bien vrai, et je l'invitai à reprendre notre propre travail.

Je ne crois pas l'avoir très bien écoutée. Je rêvais aux souvenirs que j'avais envie de revivre et j'attendais d'être seule. Mais quand je l'ai, à la fin, raccompagnée à la porte, mon regard est passé un instant sur le buste de ma mère placé sur la commode et une nouvelle impulsion a brusquement percé une dernière fois ; et je me suis laissée aller à lui dire :

— Je vous ai mal parlé de ma mère ; mais, vous savez, elle était si drôle !....

Elle me regarda stupéfaite en répétant : « Drôle ? » ; j'ai compris le malentendu. On dit des gens atteints de folie qu'ils sont « un peu drôles » ; et je me hâtai de préciser :

— Oui, elle était gaie, spirituelle, et nous avons tant ri ensemble toutes les deux !....

Pour ne pas céder à l'émotion, je lui signalai que l'ascenseur était là et que nous reprendrions cette conversation un autre jour.

*

Oui, elle était gaie, et nous avons ri ensemble, jour après jour, pendant des années.

Elle n'avait aucune raison de l'être ; elle avait accumulé les malheurs et les difficultés ; elle avait perdu sa mère étant enfant ; elle avait vécu avec une belle-mère qui ne lui était rien ; elle avait perdu son mari alors que j'avais un an et s'était trouvée sans argent et sans profession ; plus tard, elle avait connu des amis, et même des possibilités de refaire sa vie ; et la mort était intervenue, là aussi, et, pour finir, tout ce qu'elle avait si bien réussi lui avait été retiré, quand elle avait quitté Paris pour me suivre lors des difficultés liées à la guerre et aux mesures prises contre les juifs. Cela faisait beaucoup ; et elle n'avait guère de raisons d'être gaie.

Je voulais y réfléchir. De retour dans ma grande pièce, et bien décidée à ne rien faire que chérir ces souvenirs et tenter de m'en pénétrer, je constatais que j'aurais eu du mal à trouver des anecdotes, des mots spirituels, des plaisanteries dignes d'être répétées : ce n'était pas cela, mais une gaieté de chaque instant, une ouverture à tout ce qui pouvait être plaisant. Dès mon enfance, je me souviens…

Oui, je me souviens de toutes petites choses : comme nous nous amusions avec la radio qui commençait à se répandre ! J'imitais la voix des présentatrices. C'est si loin ! Je sais que j'imitais mademoiselle Phoscao et je ne sais plus qui était mademoiselle Phoscao ! Je sais que j'imitais une présentatrice italienne, à la voix particulièrement suave et chaque fois nous étions ravies, l'une et l'autre. Nous nous moquions aussi de la chanteuse de l'étage inférieur et de ses chants langoureux, qui commençaient tous les soirs à vingt heures précises. Mais comment dire ? Peut-on raconter cela ? Peut-on dire comme nous étions amusées par les chansons comiques que nous donnait cette même radio, ou bien que nous avions en disques ? Et l'autre jour, tant de dizaines d'années après, j'ai été tout émue d'entendre redonner par cette même radio une chanson qui avait fait notre joie et qui énumérait les maladies dont on peut être frappé (« Ah là là, qu'c'est embêtant, je n'suis pas bien portant ! ») ; ce n'était rien mais nous la savions presque par cœur, nous essayions de retenir les mots, nous nous la chantonnions ; et de l'entendre l'autre jour, m'a plus touchée que je ne saurais dire.

Peut-être, finalement, était-ce une époque gaie. Je me souviens que, chez des amis, l'on chantait le soir ; un éminent personnage de la République se faisait un succès en chantant l'air de Pâris dans *La Belle Hélène* d'Offenbach. C'était sans doute la libération de la fin de la guerre qui les animait, les grandes personnes d'alors. En tout cas c'était l'époque où régnaient les airs de Christiné et de Willemetz. Il faut croire que la fin de cette guerre, si longue et si pénible, amenait une réaction d'amour de la vie, ce qui n'a pas été le cas pour la dernière guerre où l'on est resté frappé de honte en même temps que soulagé. Mais j'étais une enfant et je me trompe peut-être ; il s'agissait peut-être seulement des amis qu'elle-même s'était choisis. Tout ce que je sais, c'est que je lui dois cette faculté de m'amuser de toutes les petites choses qui font la gaieté de la vie quotidienne.

Et puis, je me rends compte que ce n'était pas seulement une réaction de l'époque aux épreuves de la guerre, mais une réaction de ma mère elle-même aux épreuves qu'elle avait connues. Elle avait une façon si charmante de se moquer de toutes les difficultés qui se présentaient à elle, de tous les inconvénients, de toutes les petites vexations. Je me rappelle la façon dont, évoquant ses sorties du dimanche avec un ami très fidèle qui était peintre, elle me racontait qu'il peignait toute la journée : « Et moi, pendant ce temps, je lis dans la voiture » ! Ou bien quelqu'un l'avait-il traitée sévèrement, parce qu'on disait qu'elle recevait des hommes et que cela choquait. On lui rapporta un jour qu'une famille très collet monté l'avait traitée de « gourgandine ». Ah ! comme nous avons ri de ce mot, de cette ignorante sévérité, de cette étroitesse d'esprit ! Elle était enchantée. Sans doute est-ce la raison pour laquelle je retrouve si aisément les souvenirs des dernières années où elle avait à lutter contre le fait qu'elle entendait de plus en plus mal. Ces souvenirs des dernières années sont évidemment plus proches dans ma mémoire ; mais c'est aussi un bel exemple de réaction. Car elle détestait cette infirmité ; elle était offensée et irritée de mal entendre. À chaque nouvel appareil, dans lequel elle plaçait son espérance, elle était comme une enfant, ravie, certaine que tout allait marcher ; et, quelques jours plus tard, elle était comme une enfant encore, si désolée, si furieuse même, de voir que ce nouvel appareil n'était pas sensiblement supérieur aux autres – un sentiment qu'à présent je connais bien ! Mais ce qui me frappe est qu'elle ait pu s'en amuser. J'ai écrit tout un livre de souvenirs sur elle et je ne sais plus si j'ai raconté celui de cette visite où j'accompagnais chez elle un religieux qui avait été très lié avec une de nos amies, récemment décédée. Il me fit une longue visite où l'on parla beaucoup de l'amitié et de la mort ; puis, il demanda à saluer ma mère, à l'étage inférieur. En entrant, j'essayai de lui faire comprendre qui il était, mais le nom n'aurait servi à rien, je murmurai : « C'est le Père, l'ami d'Annie… » Elle n'eut pas l'air le moins du monde déroutée ; elle l'accueillit avec le sourire, lui offrit du whisky, et parla très gentiment pendant un grand moment ; et c'est seulement quand il fut reparti et que je l'eus accompagné à l'ascenseur que je la trouvai, m'attendant dans la pièce, les yeux brillants d'amusement et de curiosité : « Mais qui est-ce, qui est-ce donc ? » Elle n'avait rien compris, mais était tout heureuse d'avoir réussi cette étrange épreuve.

Elle aimait réussir les épreuves ! Je me souviens de l'époque où elle faisait des adaptations de pièces anglaises pour la radio. Elle faisait cela très bien ; mais il se trouve qu'il y avait un petit inconvénient : elle n'avait jamais su un mot d'anglais ! Elle s'en tirait quand même, avec le dictionnaire, avec l'intelligence du théâtre, avec l'intelligence tout court.

Mais, un jour, l'auteur anglais annonça sa visite : drame ! On lui expliqua bien que ma mère lisait parfaitement l'anglais, mais ne le parlait pas : question de prononciation, évidemment ! Et puis elle devina plus ou moins ; et je la secourus une ou deux fois ; quoi qu'il en soit, l'auteur se retira absolument ravi de sa traductrice. Et elle… Elle était comme une enfant qui a réussi un bon tour, qui a dominé l'obstacle, rien qu'avec – oui –, rien qu'avec l'intelligence et le désir de réussir. Les obstacles la stimulaient ; les réussites l'enchantaient.

À vrai dire, tandis que je suis là, étendue sur mon divan et caressant de la main sans y penser les coussins de tapisserie, je me rends compte que je dois l'approfondissement de ces souvenirs à ma petite lectrice et à son incompréhension. Les souvenirs surgissent un peu comme des arguments destinés à une interlocutrice ; mais les remarques que je me fais ne sont que pour moi seule et se voudraient cependant comme une explication. Et sans doute, dois-je à cette bonne dame le fait qu'ainsi, peu à peu, en désordre, reviennent ces minuscules incidents qui semblent faire partie d'une vraie analyse et sont pourtant aussi légers et impalpables qu'une aile de papillon.

Ce que m'apporte, du moins, ce bref entretien si mal engagé, est sans doute de comprendre encore un peu mieux moi-même ce que représentait cette gaieté de ma mère. Il ne s'agissait pas seulement de répondre aux événements ou aux épreuves avec une grâce légère : elle savait répondre non seulement aux épreuves de la vie, mais à tout ce qui venait offenser son sens du bien ou son indépendance. C'était le cas lorsque, comme je l'évoquais à l'instant, des esprits étroits venaient la traiter de « gourgandine » : elle savait réagir et se moquer. Mais c'était aussi le cas lorsque, par exemple, ma belle-famille faisait pression ou bien pour l'assimiler au groupe qu'elle formait ou bien pour la rejeter complètement. Elle savait alors résister de façon courtoise et relevait volontiers, dans les phrases que l'un ou l'autre avait eues, le mot malheureux qui lui portait plus ou moins atteinte, et dont elle ne voulait pas. Si quelqu'un n'agissait pas bien à ses yeux, elle le disait, elle le marquait par sa conduite. Et l'ironie était une défense là aussi. Rieuse et souple, elle ne se laissait pas détourner de son chemin, par rien. Sans qu'il y eût jamais le moindre éclat ni la moindre concession, elle allait son chemin, obstinément, le sourire aux lèvres.

Et tout à coup, il me semble que ces tapisseries au petit point ne sont pas sans rapport avec sa personnalité. Dans sa vie de même, elle s'est obstinée courageusement, jour après jour, heure après heure, ne renonçant pas, mais faisant en sorte que tous ces petits efforts accumulés au fil du temps, comme des petits points aux laines bariolées, finissent par dessiner un ensemble gracieux comme un objet d'art au dessin parfait.

*

Mais à présent que je suis seule, à m'enchanter de ces souvenirs, et que l'esprit de discussion et d'explication auquel m'avait entraînée la petite lectrice peu à peu se dissipe, je sens l'image vraie se préciser, se rapprocher, me pénétrer. Car dans tous ces moments d'amusement, dans tous ces regards heureux et malicieux, je sais bien que l'essentiel était toujours l'extraordinaire entente qui régnait entre nous.

Je ne me rappelle pas bien les anecdotes drôles ou les mots spirituels ; mais c'est parce qu'ils étaient insignifiants et que l'essentiel était dans ce regard de complicité, qui voulait dire que nous nous amusions ensemble, comme nous nous étions toujours amusées ensemble, parce que nous vivions ensemble dans une entente délicieuse.

Depuis ma naissance jusqu'à sa mort, qui survint quand elle avait plus de quatre-vingts ans, nous ne nous sommes pratiquement jamais quittées. Et de tout ce qu'elle faisait, je sais bien que j'étais le centre. Je l'acceptais avec bonheur. Cela ne veut pas dire que nous n'ayons pas eu des disputes. Je me rappelle trop de moments où, avec entêtement, je discutais avec elle, mais la laissais en larmes, pour m'en aller chez moi – mais aussi pour revenir bientôt et calmer ces moments de querelle en de douces réconciliations. Nous ne pensions pas toujours de même, mais nous avions toujours senti de même, et ensemble.

Il est précieux d'être là, des années plus tard, à retrouver la présence d'un tel bonheur ! Il est là. Il est en moi. Il est partout. Il est dans les toutes petites choses dont la vie est faite, et aussi dans les plus grandes, où tout se décide.

Je me rappelle… oh oui ! Je me rappelle… Tout était si tendre et charmant ! Nous avions comme un langage secret entre nous deux. Mes amis recevaient des surnoms qu'ils gardaient pour toujours et qui n'appartenaient qu'à nous. C'est ainsi qu'un très éminent helléniste que je devais connaître pendant des années, a toujours été appelé par nous « cet écureuil ». Ce n'était rien, bien entendu ; mais c'était à nous, pour nous, et nous faisait sourire de complicité. Plus tard, quand elle entendit mal, nous avons eu aussi des gestes de convention ; certains nous faisaient rire à chaque fois parce qu'ils étaient un peu simplistes, presque grossiers, et par conséquent audacieux, mais n'appartenaient qu'à nous et étaient un secret entre nous. Comment séparer, dans son regard, l'amusement de la tendresse ?

D'ailleurs, quand j'ai voulu chercher des preuves, pour moi et pour ma lectrice, de sa gaieté et de sa drôlerie, je sais bien que dans ces petits faits j'étais toujours présente ; Ou bien je la faisais rire, exprès, en faisant ce qui l'amusait ; ou bien c'est moi qui riais de ses remarques ; ou bien il s'agissait de quelques difficultés que j'étais toujours prête à partager.

Et tout cela vivait dans le regard que, dès le premier moment, elle lançait vers moi. Quand j'entrais dans sa chambre, au cours des dernières années, elle guettait mon visage avec joie et interrogation : joie de me retrouver, attente de savoir si tout s'était bien passé ; son regard brillait, m'accueillait et me portait. Je le vois encore aujourd'hui ; et, de même, quand moi j'étais malade et qu'elle entrait dans ma chambre, toute triomphante, me rapportant tel petit cadeau, tel gâteau, tel bonbon, telles fleurs, espérant me faire plaisir, heureuse de me retrouver ! Quelquefois, encore aujourd'hui, je regarde dans la direction de la porte et j'ai l'impression qu'elle va entrer et poser sur moi ce regard de tendre confiance, que je n'ai jamais connu à personne d'autre.

J'ai plus de quatre-vingt-dix ans, mais quand je retrouve ainsi ce souvenir, mon regard se tourne encore vers la porte et je me sens inondée de joie. On pourrait penser que c'est une douleur de revivre des souvenirs heureux à présent que tout est fini, et que depuis des années elle n'est plus là ; mais il n'en est rien. Elle a disparu sans connaître toutes les misères et les dégradations qui se multiplient avec l'âge. Et quelque chose d'elle reste présent et vivant auprès de moi. Je dois même avouer que, parfois, il m'arrive de l'appeler à l'aide, tout haut. En général, croyez-le ou non, je m'en trouve aussitôt soulagée. Je vis sa présence comme une évidence.

Parfois, je m'abandonne, pour un moment, à cette pensée confiante. Et quelque chose s'épanouit en moi : peut-être ce qu'il y a de plus précieux dans ce que, après Tristan Derème, j'ai appelé « les roses de la solitude ».

Une seule fois, hier, parce que la sotte conversation avec ma petite lectrice m'avait amenée par réaction à m'abandonner plus que jamais à de telles rêveries, il m'est arrivé une chose assez étrange. J'ai voulu revoir son regard, tendre, brillant et malicieux, j'ai voulu essayer de me représenter objectivement le sourire de ses yeux et leur couleur ; mais, sous l'effort de mon attention, voici que l'image de ses deux yeux s'est comme agrandie : ils semblaient s'écarter l'un de l'autre, pour remplir presque la pièce, de façon monstrueuse. Ce n'étaient plus ses yeux ; ce n'étaient plus des yeux. Il me semblait que l'on m'arrachait soudain un souvenir très précieux : j'avais tout gâté par un excès d'attention. Je sais que je me suis redressée, et que j'ai crié : « Non, oh non !.... » Et cela n'a pas duré. L'attention peut aussi, quand elle est trop intense, devenir destructrice.

Et c'était un peu comme si elle-même, vivante, m'avait fait reproche de tels excès. Le sourire de ses yeux, le vrai, me rappelait au bon sens quotidien – comme il l'avait fait si souvent.

Je ne devrais raconter tout cela à personne. On penserait qu'il s'agit de sentiments exagérés et anormaux. Peut-être est-ce, en effet, anormal. Peut-être les psychologues s'indigneraient-ils, pensant que nous laissions s'instituer un déséquilibre pesant sur l'avenir de ma vie et de mes autres affections. Il est probable qu'en effet certains de mes proches en ont souffert. Et je le regrette pour ceux qui ainsi n'ont peut-être pas eu leur part. Mais, malgré tout, cela a bien une certaine importance, de pouvoir dire comme je le fais : grâce à elle, j'ai été heureuse.

Et puis, elle m'a donné plus que ce bonheur léger et confiant. Je viens d'évoquer ce reproche imaginaire que son influence m'avait fait entendre, dans le bref moment d'exaltation où je l'avais comme perdue de vue. Et, au total, tous ces signes discrets de reproche ou d'approbation, ces émotions ou ces fiertés qui grandissaient de se savoir partagées, m'ont, en fait, conduite tout le long du chemin. Je ne sais pas si c'était le bon chemin ; mais j'y ai toujours cru et elle aussi. Et, à présent, que je regarde ma vie depuis mes quatre-vingt-dix années bien sonnées, je me dis que ces marques sans cesse renouvelées d'une communion complète dans la vie quotidienne, continuent leur effet encore à présent.

Là aussi, les petits points de chaque minute, de chaque jour, les petits efforts réguliers de sa tendresse, ont été comme les petits points de la tapisserie : c'était aussi le dessin de ma propre vie qu'elle dessinait ainsi, de son mieux, et avec une tendre application.

Elle m'aurait dit, je crois : « Tu es bien solennelle ce soir ! Pourquoi pas un petit whisky, pour remettre les choses en place ? » Et j'ai suivi ce conseil, toute seule, mais le cœur léger et l'esprit en paix.

LES NOUVEAUX RIDEAUX

Ma grande pièce parisienne ouvre par une double porte-fenêtre sur une petite terrasse, au septième étage, presque en plein ciel. C'est une vraie terrasse, avec une table et deux chaises, ainsi qu'une chaise longue ; et tout le long du balcon des pots de fleurs et des caisses alternent en suite serrée, où se mêlent les dons de divers amis, avec parfois des fleurs. J'aime, quand il fait beau, à m'y étendre, dominant les toits voisins ; j'ai alors l'impression que j'échappe pour un moment à la ville ; on respire un peu l'air plus frais du dehors, et l'on éprouve le sentiment, que j'apprécie, de jouir d'un privilège ! Certes, ce n'est pas la parfaite tranquillité : on entend parfois le brouhaha de la récréation dans l'école voisine avec ses hurlements dont la sauvagerie me laisse toujours surprise ; ou bien il y a quelque fête dans un appartement de la rue avec un lourd bruit de tam-tam ; ou bien, dans les soirées chaudes, il y a l'horrible grondement de la motocyclette qui parcourt le plus vite possible ma rue, en principe si tranquille, où l'homme veut sans doute se donner l'illusion de la puissance et la réalité d'un peu de fraîcheur. Mais, même quand aucun inconvénient de ce genre n'apparaît, même quand tout est tranquille et que je puis, en quelque sorte, jouer à être en vacances sur la bordure de mon appartement, toutes sortes de petits problèmes me chassent bientôt de ce faux paradis : l'air fraîchit, plus vite que l'on n'aurait cru ; il me manque un tricot, ou une cassette ; je n'ai pas pensé à rapprocher le téléphone ; mon faux campement parmi mes pots de fleurs devient alors inconfortable et saugrenu : brusquement, je frissonne, et je rentre.

Je rentre : j'enjambe la haute marche qui donne accès à mon balcon, je me retrouve chez moi ; je ferme la fenêtre, je ferme le store métallique, je ferme l'autre fenêtre, je ferme l'autre store. Oui, c'en est fait ! Je rouvrirai peut-être plus tard dans la soirée, pour voir scintiller la tour Eiffel ou pour vérifier s'il y a ou non de la lune. Mais, en attendant, c'est le soir : on ferme !

Alors, pour bien marquer le retour à l'intérieur, je tire les grands rideaux devant mes deux portes-fenêtres. Comme si je m'étais trouvée jusqu'alors dans l'inconfort ou le danger, j'éprouve un soulagement étonnant à entendre le bruit amical des anneaux qui glissent sur les tringles, à voir se déployer ces grandes surfaces un peu dorées des rideaux qui me ramènent dans l'intérieur bien clos qui est mon univers. Grâce à ce geste, la pièce tout entière m'accueille ; et je me sens ici à l'abri, protégée de tout. Dans la pièce retrouvée, j'allume les lampes ; et mon petit monde à moi se reforme, amical et familier.

Je lève les yeux sur ces rideaux clos. Ils sont un peu couleur de miel, mêlant l'ocre pâle et le rosé, sans que je distingue bien les motifs, mais brillant doucement autour de moi. Je les contemple avec d'autant plus de sympathie que ce sont des rideaux tout neufs.

Le reste de ce qui fait ma grande pièce me vient des autres ; presque tous les meubles viennent de ma belle-famille, les coussins sont l'œuvre de ma mère, les livres ont été accumulés à travers le temps, depuis ma jeunesse ; il y a des cadeaux, il y a des livres de travail, il y a de vieilles éditions au dos brun et aux titres d'un or un peu terni ; ils sont comme les témoins de ma vie. Mais les rideaux ont été choisis et posés il y a moins d'un mois !

Toujours j'avais eu des rideaux repris ou retaillés dans des rideaux venant de ma belle-famille ; je les avais admirés et aimés, et je les avais vus s'user, et même se déchirer. Et c'est ainsi qu'à mon âge, j'ai été amenée à les remplacer… Ils n'ont rien de luxueux ni de coûteux. Mais ils représentent pour moi une conquête personnelle et une victoire ! Je me disais, année après année, qu'à mon âge on ne refait pas ses rideaux ! J'avais même, timidement, consulté un ami qui s'occupe de ma situation financière, en lui disant que je me demandais s'il était raisonnable, pour une vieille dame comme moi, de s'offrir de nouveaux rideaux. Je m'imaginais que ce serait très coûteux et très ambitieux. En fait, il ne m'a pas répondu du tout ; il a dû penser, non sans raison, que c'était une question absurde et que je pouvais parfaitement tenter une telle entreprise ; mais son silence m'a troublée et je me suis dit que peut-être il me désapprouvait. J'ai aussitôt fait marche arrière en déclarant, avec une feinte indifférence, que, d'ailleurs, cela pouvait attendre... À vrai dire, je suis convaincue que ma question lui paraissait si sotte qu'il n'y avait même pas arrêté son esprit. En tout cas, je m'étais finalement décidée. Et j'en avais tiré le sentiment d'une victoire : non seulement c'était une victoire que de parier ainsi sur la longueur de vie qui m'attendait ; c'était aussi une étrange et tardive victoire que d'agir enfin, à mon âge, selon ma propre décision et mon propre choix, alors que jusqu'ici j'avais presque toujours hérité, reçu, conservé. Je faisais, en quelque sorte, mes débuts dans la vie d'adulte – un peu tard, à n'en pas douter ! Je m'étais fait faire des rideaux, comme lorsque l'on entre dans la vie et que tout commence !

J'ajoute que je n'étais pas seulement intimidée par mon âge : habituée à tant recevoir et à toujours respecter le goût de ceux qui avaient l'expérience, je n'étais pas sûre non plus de mon propre goût. Je n'avais pas cherché à me procurer des tissus de luxe, de haute marque et de noble tradition : j'avais voulu un tissu pas trop cher et qui puisse, cette fois, me satisfaire moi-même. Je savais que je n'y connaissais rien. J'avais été liée avec un écrivain en renom, dont les œuvres parlent souvent de rideaux – de rideaux originaux ou légers, en tout cas impeccables, tombant juste à la bonne hauteur par rapport au sol, créant juste la bonne harmonie par rapport à la pièce : des rideaux, en somme, dignes de figurer dans des livres. Mes rideaux à moi seraient des parents pauvres, imparfaits et timides ; mais, après tout, qu'importait ? Ce seraient mes rideaux et désormais, pour cette raison, je les aimais. En somme, j'éprouvais, sur le tard, quelque chose comme l'inquiétude et puis la fierté qu'inspire en général le premier examen auquel on se présente. Je n'allais pas le crier sur les toits, ni me vanter du choix de ces rideaux en somme fort ordinaires ; mais j'étais consciente de ce qu'avait d'absurde cette satisfaction même, et j'étais comme complice de ma propre naïveté.

Je m'en amusais en secret. Il faut dire que les faiblesses et toutes les maladresses, dont certaines me viennent des infirmités de l'âge, m'amusent moi-même. Il m'arrive de verser de l'eau dans une bouilloire sans voir que le couvercle est posé dessus et que l'eau rejaillit partout sauf dans la bouilloire : cela est comme un numéro comique pour moi et je m'en amuse. De même, les réactions d'enfant, chez la vieille dame que je suis, sont mon petit secret ; et ce secret m'est cher quand l'aventure a réussi. Car c'est un fait : j'ai choisi et commandé les rideaux, et ils ont l'air d'avoir toujours été là, comme un fond normal pour ma grande pièce.

Mais ils n'étaient pas la seule cause, ces chers rideaux neufs, de la satisfaction que j'éprouvais chaque fois en refermant sur moi tout le dehors et en retrouvant l'intimité de ma vie à l'intérieur. Ce sentiment, je l'avais éprouvé déjà avant les nouveaux rideaux. Le seul fait de tout refermer me semblait me mettre à l'abri, me protéger de tout. Sur mon balcon, dehors, j'étais en tout cas soumise aux variations de la température, aux passages d'un insecte ou d'un oiseau et au bruit de la rue ; si le téléphone sonnait, je me cognais dans le fauteuil, me hâtais et arrivais trop tard. Et la nuit s'annonçait déjà avec toutes ses lumières qui éclairaient d'autres vies, de moi inconnues. Rentrer chez moi était retrouver la sécurité et la paix. Là, enfin, tout m'était familier, était choisi pour moi, et pour moi seule. Je rentrais chez moi !

Une impression fugitive sans doute ; un bref soupir de contentement, rien de plus ; mais je pense que ce sentiment rejoignait une aspiration profonde de notre être et en tout cas du mien. Que de fois, quand on revient d'un grand voyage, où l'on a connu mille plaisirs différents, l'on arrive chez soi, fatigué avec ses bagages et l'on ressent soudain le même plaisir à se trouver enfin plongé dans son monde à soi, dans ses habitudes, modestes mais chères, dans ses objets sans grand intérêt, mais qui sont les nôtres. On pousse un soupir de soulagement, de surprise heureuse. C'est exactement le même sentiment que j'éprouve lorsque, volets et rideaux bien tirés, je retrouve, à l'intérieur, ma paix.

Oui, je le sais, l'âge y est peut-être pour quelque chose. Je dois reconnaître – sans plaisir – qu'avec les années qui passent, mon horizon tend à se rétrécir. Je fais, de toute nécessité, moins de voyages au loin, moins de promenades, moins de sorties. Et je veux bien admettre que ce plaisir de me retrouver chez moi, seule et tranquille, se fait, du même coup, plus sensible et plus profond. Peut-être ! Oui, peut-être…

Et le temps joue encore d'une autre façon ; car il établit, de façon cette fois irrévocable, un contraste entre les générations. Celle à laquelle j'appartenais appréciait le silence, et la tranquillité. Elle aimait les musiques douces et les vacances paisibles. Et je suis bien obligée de constater que la jeunesse actuelle, au contraire, aime les voyages au loin, les concerts bruyants, et la présence de groupes aussi nombreux que possible. Les jeunes aiment, comme ils disent, « s'éclater », alors que ceux de ma génération goûtaient la douceur d'un jeu de croquet dans un petit jardin. Tout le monde sait cela et on le répète à satiété. Là aussi, je veux bien admettre que ce changement ne soit pas sans influence sur mes goûts et sur moi. Mais je déteste expliquer mes sentiments intimes par des considérations d'ordre général, tendant à présenter toutes mes réactions comme dictées par des évolutions sociales, commandant tout.

Dès que j'essaie d'y réfléchir, il me semble qu'il s'agit de tendances bien plus profondes et inhérentes à notre nature humaine. Et voyez : je pense aux petits enfants… J'aime à reconnaître dans la satisfaction avec laquelle je rentre à l'abri, dans ma pièce bien close, la vive satisfaction de l'enfant qui s'est construit au bout du jardin sa cabane à lui et aime à s'y enfermer. Je crois bien que cette tendance existe chez tous les enfants. J'ai eu ma cabane, moi aussi. Sans doute était-ce dans les Landes, chez des amis qui possédaient une propriété à Hossegor ; car je me souviens de la satisfaction avec laquelle, moi et mes deux petits camarades, nous avons utilisé pour notre cabane des grandes plaques de liège coupées au chêne – liège du jardin. L'enfant qui entre dans sa cabane est aussi fier de ses murs bien abrités que je le suis de mes nouveaux rideaux. Je me souviens comme chacun se montrait fier de rapporter de la plage une décoration quelconque, quelque chose ressemblant à une lampe. Le plaisir, c'est alors d'être chez soi, d'avoir construit sa propre maison, bien cachée et protégée. Des enfants plus hardis ou plus favorisés que moi ont construit leur maison, parfois, dans des arbres. Peut-on mieux traduire le désir d'avoir son domaine à soi, loin de tout et hors d'atteinte des autres ? Se cacher, bien à l'abri, est peut-être un souvenir du séjour dans le ventre maternel ; en tout cas, c'est un sentiment bien naturel et qui ne doit que très peu aux influences sociales.

Plus tard, on oublie ; on a d'autres préoccupations ; on n'a pas le temps. Mais il reste ces petites joies furtives et rapides, comme celles que je viens d'évoquer. Il reste le soupir de plaisir à refermer les volets et rideaux, à retrouver la paix, à se retrouver chez soi. Cela ne dure pas, cela se sent à peine. Peut-être est-ce parce que mes rideaux étaient neufs que je l'ai remarqué ce jour-là, mais il ne manque pas de sentiments profonds que l'on remarque à peine.

Je ne renierai donc pas cette petite joie fugace mais profonde, et pourquoi la renierais-je ? Pourquoi surtout faut-il, à chaque fois, que j'aie l'air de me justifier des sentiments les plus simples que j'éprouve ? Ils sont là, c'est tout. Et, de surcroît, ils m'apportent une secrète satisfaction, ce qui n'est pas rien. Ce n'est qu'un moment qui passe, tout léger, un soupir de contentement, comme la caresse d'une aile de papillon ou un souffle de brise. Il faut l'accueillir, simplement. La vie à l'intérieur de la pièce va pouvoir recommencer, et aussi mes activités ; n'est-ce pas ce dont je me réjouissais ? Je suis chez moi : il est temps de vivre comme je l'entends.

*

Je suis allée allumer les lampes, chercher la cassette dont j'avais besoin, et m'installer à ma table de travail. N'était-il pas absurde de m'arrêter ainsi à des impressions banales et momentanées, et d'en tirer tant d'élucubrations ? Fini, tout cela ! Et pourtant, malgré ce bel élan, comme j'arrangeais mon magnétophone et tout ce qu'il me fallait, je dus m'avouer bientôt qu'il y avait quand même un problème. Je ne l'avais pas encore distingué jusqu'à présent, en dépit de toutes mes discussions à demi conscientes ; mais, à présent, il me sautait aux yeux. J'avais perçu vivement le plaisir que j'éprouvais à me retrouver à l'abri, chez moi, loin de tout ; j'avais même senti le besoin confus de m'en justifier. Mais le vrai problème était que ce sentiment représentait dans ma vie une véritable contradiction. Cette joie du retour dans une chambre close – oui, j'y étais sensible. Mais il y avait ma maison de Provence ; il y avait le jardin, à demi sauvage ; il y avait la montagne Sainte-Victoire ! Et c'était là, je le savais bien, l'endroit où je puis être vraiment heureuse. Et pourquoi heureuse ? Parce que, là, je me sens, à chaque fois, tout entière tournée vers le dehors, portée vers l'extérieur, attirée vers ailleurs !

La montagne Sainte-Victoire se dresse à l'horizon, toute claire dans la lumière, et l'envie vous prend d'aller vers cette lumière, de sortir de chez soi, de se rapprocher de la beauté. Elle est, dans la distance, un appel et une promesse.

Je me souviens si bien, lorsque j'étais plus jeune, de mes départs matinaux pour aller marcher sur ces chemins, montant de rocher en rocher, de pinède en pinède. J'écoutais cet appel, je me perdais dans ces chemins, je montais, toujours plus loin, m'efforçant de passer là où le chemin finissait ou bien devenait escarpé. À l'horizon, il y avait toujours le calcaire lumineux où l'ombre et la lumière marquaient des reliefs vivants ; il y avait aussi les terres rouges qui faisaient avec le blanc et le vert des pins un contraste si étonnant ; il y avait les odeurs des arbres et des branches, des romarins et des lavandes sauvages ; et j'allais toujours un peu plus loin, un peu plus près de cette montagne toujours offerte devant mes yeux. Je marchais, comme si, à chaque fois, quelque chose de plus précieux encore allait m'être révélé. Et je me souviens comment, au retour, fatiguée, je baignais mes pieds et mes jambes dans une petite eau courante, bien fraîche, qui coulait de la montagne, entre des arbres. Mais il faut le dire : ce n'était pas seulement, tout cela, la griserie de l'évasion : Sainte-Victoire n'était pas seulement un but de promenade ou d'entraînement pour des forces physiques ; elle représentait un idéal que l'on poursuit, quelque chose vers quoi l'on va, et qui vous stimule comme la promesse d'une autre beauté. Ce grand bonheur de mes promenades est assurément le contraire du plaisir que l'on peut ressentir à se retrouver dans une pièce bien close.

Et cela vaut pour toute ma vie à Aix-en-Provence. Cela n'est pas vrai seulement de ces grandes équipées où l'on va aussi loin que l'on peut, se perdant dans les sentiers et les rochers, toujours plus loin : même à présent, même quand je suis tout simplement sur une chaise longue dans mon jardin, l'impression est semblable. Les joies de la lumière sont une invitation à se dépasser soi-même et apportent comme une dimension de plus à tout le réel. Hier encore, j'étais étendue à regarder, dans la lumière du matin, un grand pin dans mon jardin ; il se dressait vers le ciel bleu ; ce n'était pas un très bel arbre, c'était un bon vieux pin qui ne ressemblait pas au pin parasol de la Côte ; mais il était dru et vieux, d'un beau vert dense et tout le haut était comme nimbé dans une lumière d'or. S'agissait-il d'aiguilles un peu desséchées par la longue attente de la pluie, ou bien était-ce que les plus hautes parties de l'arbre recevaient la caresse de ce soleil qui déjà déclinait ? Toujours est-il que, moi qui ne vois plus bien, je le voyais rayonner, vers le haut, d'une lumière immatérielle et miraculeuse, qui m'a pénétrée de bonheur.

Et cela arrive tous les jours, partout. Je me souviens de ce jour où j'étais installée dans une petite allée et où les branches légères d'arbres plus modestes semblaient se croiser au-dessus de ma tête, faisant une arabesque sur le fond du ciel ; je ne cessais de lever les yeux, d'admirer cette légère voûte glorieuse au-dessus de moi ; je m'amusais à mettre et à ôter mes lunettes noires, pour voir le changement ; avec les lunettes, qui rendent la vue plus précise, je voyais les branches vertes se découper sur le ciel bleu ; sans les lunettes, avec ma vue incertaine, le vert des feuilles se confondait avec le bleu pâle du ciel ; je voyais le départ des branches, puis elles se perdaient dans une sorte de halo que l'on pourrait appeler une lumière sans nulle couleur, une lumière pure, où les objets ne se dessinent plus avec la clarté d'une séparation, mais se fondent dans une douceur imprécise et brillante. Depuis la montagne à l'horizon jusqu'aux plus petits feuillages de mes arbrisseaux – et encore, je ne parle pas du frémissement argenté des oliviers –, tout m'invite à sortir de moi-même, à m'émerveiller, et à désirer m'ouvrir, ardemment, à ces autres dimensions du monde, que suggère la présence continuelle de la beauté.

Que ce soit là une part importante de ma vie n'est pas douteux. Ma mère, qui n'avait pas beaucoup le goût de la campagne, aimait pourtant me voir ici et elle me disait parfois : « Ceux qui ne t'ont pas vue ici, ne te connaissent pas vraiment. » Je crois qu'elle avait assez raison.

Mon pauvre jardin a bien souffert. Les feuilles mortes des platanes l'encombrent indéfiniment et ne pourrissent jamais ; l'ensemble est piétiné par les sangliers ; et l'on a renoncé à toutes les cultures potagères ; et l'on a vu mourir des arbres, les uns après les autres, et le chiendent gagner les essences rares, dont j'étais si fière, s'étendre année après année. Mais, tel qu'il est, il continue à me donner ces joies toujours renouvelées. Je pars au hasard, je m'assieds à même le sol pour mieux m'imprégner de cette vie et de cette lumière, je monte voir s'il reste encore, dans le verger, un fruit épargné par les pies ; je m'assieds encore sur le rebord du grand bassin entre fraîcheur et soleil avec la compagnie silencieuse de l'eau où se reflètent les grands arbres, chers aux écureuils. Je monte, je descends ; et avec moi, j'ai souvent ma petite lorgnette avec laquelle je me tourne vers celle qu'ici nous appelons « elle », je veux dire la montagne à l'horizon, changeant de couleur, changeant d'aspect selon les heures et selon les nuages.

La contemplation de ces horizons, grands ou petits, aura occupé largement ma vie pendant près d'un demi-siècle. Je suis venue m'en abreuver à toutes les vacances, dans toutes les saisons. Or, je dois bien le constater : c'est le mouvement exactement inverse de celui qui me fait me réjouir quand, volets et rideaux fermés, je me retrouve chez moi à Paris.

Où suis-je donc, entre ces deux extrêmes ? Et où est ma vérité ? Comment donc puis-je être ainsi, selon les moments, mais de façon chaque fois aussi vive, tantôt une personne et tantôt son contraire ? C'est là une question ambitieuse et déroutante ; mais c'est aussi une question que je ne peux pas fuir : elle s'est enfin imposée à moi, après toutes ces petites explications d'allure trop générale, qui cachaient un besoin de justification plus profond. À présent que j'ai le temps et le loisir, à présent qu'est venu l'âge des bilans, et que me voilà assise à ma table devant un magnétophone que je n'ai pas ouvert, je découvre tout à coup que c'est là le vrai problème et qu'il ne m'a jusqu'à présent jamais effleurée.

*

J'y ai pensé ce soir-là, et encore tout le lendemain, tantôt m'inquiétant, et tantôt croyant tout comprendre. Puis, je me suis convaincue à la longue qu'une chose était certaine : il ne s'agissait là que d'une sorte de grande alternance, parfaitement normale et justifiable. Après tout, ces deux impressions contraires ne concernaient ni la même heure de la journée, ni la même saison. Le plus souvent, je me trouve dans ma maison d'Aix pour les vacances, soit à Pâques, soit en septembre, quelquefois à Noël, mais toujours en un temps de pause, où le travail cesse et où la nature offre des surprises particulièrement exaltantes. Au contraire, je me retrouve à Paris quand les vacances cessent et que le beau temps se fait plus rare, qu'il est bon de se retrouver au travail et que, par conséquent, le contentement qu'il y a à se retrouver chez soi, bien à l'abri, les lampes allumées et toutes les habitudes retrouvées, prend à son tour le dessus.

Même à Aix, d'ailleurs, je dois reconnaître qu'il y a des moments où il est agréable de rentrer. Par les beaux soirs, on croit qu'on va être très bien sur la terrasse à guetter le soir qui tombe sur la paix des arbres endormis. Mais bientôt, on entend dans le jardin sombre un bruit de feuilles remuées ; et l'on se demande quel animal est là que l'on ne voit pas et qui vous ignore. Dans les arbres, il y a parfois le passage d'un vol mystérieux, ou bien, plus loin, le hululement un peu sinistre d'une chouette. On croyait guetter le silence et l'on entend des bruits plus ou moins inquiétants. Peut-être s'agit-il déjà de l'arrivée régulière et désolante des sangliers en quête d'eau et prêts à bousculer tout sur leur passage. Non, on n'y croit pas vraiment ; mais on sent une petite inquiétude vague : à la campagne, la nuit, les bêtes sont enfin chez elles. Les feuilles des arbres empêchent de voir la lune et les étoiles comme on le voudrait ; et puis l'on commence à avoir un peu froid. On bouge un peu : « Si l'on rentrait ? » Et oui, je l'avoue, c'est un plaisir que de rentrer, d'allumer les lampes, qui paraissent soudain, au sortir de l'obscurité, étonnamment brillantes et accueillantes, puis de tirer les lourds volets des portes-fenêtres qui grincent au passage : il faut éviter que les insectes entrent, attirés par la lumière. Bref, on éprouve le même soulagement à se retrouver dans un intérieur bien clos que j'ai ressenti chez moi à Paris, en tirant mes nouveaux rideaux. Dans le matin provençal, on avait ouvert ces volets de bois dans la joie et l'espérance, guettant le soleil sur le jardin et ne rêvant que d'être dehors ; mais il est parfaitement vrai que le soir le plaisir de la paix retrouvée existe bien un peu aussi.

Il y a des moments différents, des réactions inverses. Et cette grande alternance me fait penser, moi l'helléniste, à ce beau texte d'Euripide dans lequel Jocaste évoque l'espèce de partage qui régit la vie même de l'univers : le soleil cède sa place à la lune, le jour à la nuit, l'été à l'hiver ; elle en tire la conclusion qu'il faut que l'on sache laisser sa part aux autres, pour que chacun règne à son tour. Oui, c'est une belle loi générale ; et je dirais, quant à moi, qu'elle nous entraîne comme une sorte de vaste respiration : c'est tantôt l'un et tantôt l'autre ; tantôt l'on aspire avidement l'air extérieur, et tantôt on le rejette après s'en être nourri en profondeur.

Les mouvements contraires qui m'avaient arrêtée, sont donc, en fin de compte, des mouvements complémentaires.

*

Me voilà, n'est-ce pas, bien justifiée ? Pour montrer qu'une réaction toute simple est normale, il m'a fallu aller chercher les penseurs grecs et l'ordre du monde ! Ce n'est pas la première fois que je le constate : quand on éprouve un malaise furtif, et que l'on se met à y réfléchir à loisir, on se perd de plus en plus loin… Et il n'est même pas certain que l'on arrive par là à se donner la justification à laquelle, secrètement, on aspire. On pense à autre chose, on a l'impression d'avoir répondu à toutes les questions ; mais on sait bien que, tout au fond, la question reste entière.

Le problème n'est pas, en effet, de découvrir qu'on peut être content un jour d'entrer, un jour de sortir, un jour d'aller vers le dehors et un autre de s'enfermer dans une pièce bien close. La belle affaire ! Le vrai problème vient de l'ardeur et de l'intensité que je mets chaque fois dans cette double réaction. Pour que j'aie remarqué cette joie rapide à fermer mes rideaux sur ma pièce parisienne, ou bien, pour que j'aie cette extase perpétuelle à Aix, quand je m'élance vers la beauté des paysages, promesse de toutes les beautés, il faut bien qu'il y ait quelque chose de plus, quelque chose qui me soit personnel et qui ne soit pas la banale alternance que chacun connaît.

Il faut dire, je le reconnais, que les circonstances ont sans doute facilité chez moi ces émois quelque peu exagérés. J'ai la chance que l'on m'ait donné cette maison d'Aix, isolée dans la campagne, dans un des plus beaux paysages qui soit, avec cette montagne Sainte-Victoire toute proche et les variétés que sèment sur tout les changements d'une lumière exceptionnellement douce et brillante. Il était donc normal que je passe toutes les journées libres, à me perdre dans cette beauté et à m'émerveiller de ses aspects à chaque instant divers. Pouvoir me retremper, année après année, dans ce mélange de verdure, de soleil et de ciel, était évidemment un avantage et une invitation à ressentir plus fort que d'autres cette impulsion vers les beautés du dehors. Mais, inversement, il se trouve que le métier que j'ai exercé toute ma vie, et qui réclamait la lente étude des livres dans le plus grand silence possible, le recueillement autour d'une table à la recherche des idées, ou la comparaison minutieuse des textes, devait nécessairement m'inciter à ressentir plus fortement que d'autres le bonheur de retrouver la paix et le silence nécessaires à mon travail.

Très bien ! Tout cela est vrai ! Mais cela n'explique pas l'essentiel : cela n'explique pas pourquoi je ressens ce double sentiment de plus en plus fort. À Aix, à présent, je passe d'une place à l'autre, ne pouvant me rassasier de ce spectacle. J'y vois de moins en moins, mais chaque aspect de la verdure des arbres sur le bleu du ciel ou des reflets de l'eau du bassin ou de la pierre me devient si précieux que j'ai l'impression d'en prendre conscience exprès, afin de m'en souvenir à jamais. Quand il a plu, il m'arrive d'aller sous les pins exprès pour saisir l'odeur des aiguilles mouillées, ou bien de caresser de la main le romarin, pour que se dégage son odeur forte et vivace. On dirait que je veux profiter de tout cela autant que je peux et pour toujours. Et de même à Paris, c'est un hasard si j'ai noté seulement aujourd'hui ce mouvement de brève satisfaction à me retrouver à ma table de travail – justement quand le travail m'est devenu, du fait de mes yeux, presque impossible et, en tout cas, fort peu agréable. Serait-ce donc que la vie me devient à chaque instant plus précieuse ?

Allons, il faut l'avouer ! Je l'ai compris tout à l'heure, alors que j'étais à la cuisine, occupée à tout autre chose. Tout à coup, cela est devenu clair : c'est la perspective de la mort à venir qui double ainsi de joie ces deux impulsions contraires. Ce que je disais pour Aix est vrai de l'ensemble : il me faut en profiter encore ; il ne faut pas oublier, parce que c'est peut-être la dernière fois ; il faut m'émerveiller, parce que je sais tout bas, sans vouloir me l'avouer, que cela ne durera plus très longtemps.

Je ne parle pas de la mort ; je n'y pense guère, au moins de façon consciente. Mais il est trop clair qu'à chaque instant, fugitive ou profonde, la certitude de sa venue rend les choses à la fois plus précaires et plus précieuses.

Je parlais d'alternance, et voici la plus belle de toutes : la vie et la mort. Probablement, sans même que je m'en doute, cette idée que je ne nomme pas, que je me refuse à reconnaître en moi-même, n'a cessé de peser sur moi, et pas toujours en mal.

Elle est acceptée cette idée ; elle est entrée en moi, à mon insu. Je ne dis pas du tout que le moment venu, je n'aurai pas horreur de la mort, que je ne serai pas révoltée par les souffrances, les infirmités et les humiliations qui l'accompagnent le plus souvent. Mais la certitude d'une fin à venir, relativement proche, est à coup sûr entrée dans mes veines, dans mes muscles et dans mes moindres sensations. Elle peut être, sans même que l'on s'en rende compte, un étrange stimulant.

Je l'avais bien dit, en toute innocence, que, dans mon plaisir à tirer mes nouveaux rideaux, entrait le fait que, malgré mon âge, j'avais pris sur moi de les commander, de les faire poser, comme un pari sur la durée de vie qui m'attendait. Je pouvais encore, à mon âge, parier sur une certaine continuité encore à venir…

De même, je peux encore, avec une petite lorgnette spéciale, voir, dans la distance, ma chère montagne Sainte-Victoire. Et je peux encore avec des appareils pour dicter, pour enregistrer, pour réécouter, continuer un peu ce travail auquel j'ai consacré ma vie. « Je peux encore » : c'est ainsi que spontanément je m'exprime ; mais le mot va puiser très loin, en des profondeurs sur lesquelles je ne m'arrête pas.

C'est un peu comme lorsqu'on regarde un lieu que l'on va quitter : la maison et le jardin d'Aix ou bien l'appartement de Paris et qu'à chaque fois on se dit : « Y reviendrai-je ? Le reverrai-je ? » ; et à chaque fois l'endroit paraît plus précieux et plus cher. L'angoisse et l'émerveillement sont étroitement entrelacés, comme deux tiges de vigne vierge, impossibles à détacher l'une de l'autre.

Maintenant que j'ai compris cela, je retourne regarder mes nouveaux rideaux : ils ne sont vraiment pas mal du tout, chatoyants et confortables. Et tout à coup, cela m'amuse de penser qu'à la fin d'une œuvre de théâtre, le mot qui marque la conclusion, l'arrêt de tout, le fait que la pièce a été jouée et terminée, est précisément ce mot qui m'a préoccupée ces deux ou trois jours et révélé quelques petits secrets sur moi-même : le mot « rideau » !

Table

Du même auteur :

Aux éditions Les Belles Lettres

THUCYDIDE, édition et traduction, en collaboration avec L. Bodin et R. Weil, 5 vol., Coll. des Universités de France, 1953-1972.

THUCYDIDE ET L'IMPÉRIALISME ATHÉNIEN - La pensée de l'historien et la genèse de l'œuvre (1947 ; 1961 ; épuisé en français).

HISTOIRE ET RAISON CHEZ THUCYDIDE, 1956, 2e éd. 1967.

LA CRAINTE ET L'ANGOISSE DANS LE THÉÂTRE D'ESCHYLE, 1958, 2e éd. 1971.

L'ÉVOLUTION DU PATHÉTIQUE, D'ESCHYLE À EURIPIDE (PUF, 1961), 2e éd. 1980.

LA LOI DANS LA PENSÉE GRECQUE, DES ORIGINES À ARISTOTE, 1971, 2e éd. 2001.

LA DOUCEUR DANS LA PENSÉE GRECQUE, 1979, coll. « Pluriel », 1995.

« PATIENCE, MON CŒUR ! » - L'essor de la psychologie dans la littérature grecque classique, 1984 (2e éd. 1991), coll. « Agora », 1994.

TRAGÉDIES GRECQUES AU FIL DES ANS, 1995.

Aux éditions Hermann

PROBLÈMES DE LA DÉMOCRATIE GRECQUE, 1975, coll. « Agora », 1986.

Aux Presses universitaires de France

LA TRAGÉDIE GRECQUE, 1970, coll. « Quadrige », 4e éd. 1986.

PRÉCIS DE LITTÉRATURE GRECQUE, 1980, 2e éd. 1991.

HOMÈRE (coll. « Que sais-je ? »), 1985, 2e éd. 1992.

LA MODERNITÉ D'EURIPIDE (coll. « Écrivains »), 1986.

Aux éditions Vrin

LE TEMPS DANS LA TRAGÉDIE GRECQUE, 1971 (traduction du texte paru en 1968 à Cornell University Press).

Aux éditions Fata Morgana

JEUX DE LUMIÈRE SUR L'HELLADE, 1996.

HÉROS TRAGIQUES, HÉROS LYRIQUES, 2000.

ROGER CAILLOIS HIER ENCORE, 2001.

DE LA FLÛTE À LA LYRE, 2004.

Aux éditions Julliard

LA CONSTRUCTION DE LA VÉRITÉ CHEZ THUCYDIDE (coll. « Conférences, essais et leçons du Collège de France »), 1990.

Aux éditions ENS, rue d'Ulm

L'INVENTION DE L'HISTOIRE POLITIQUE CHEZ THUCYDIDE. Études et conférences. Avec préface de Monique Trédé, 2005.

Aux éditions de Fallois

LES GRANDS SOPHISTES DANS L'ATHÈNES DE PÉRICLÈS, 1988.

LA GRÈCE À LA DÉCOUVERTE DE LA LIBERTÉ, 1989.

DISCOURS DE RÉCEPTION À L'ACADÉMIE FRANÇAISE ET RÉPONSE DE M. ALAIN PEYREFITTE, 1989.

OUVERTURE À CŒUR, roman, 1990.

ÉCRITS SUR L'ENSEIGNEMENT. *Nous autres professeurs* (Fayard, 1969), *L'Enseignement en détresse* (Julliard, 1984), 1991.

POURQUOI LA GRÈCE ?, 1992.

LES ŒUFS DE PÂQUES, nouvelles, 1993.

LETTRE AUX PARENTS SUR LES CHOIX SCOLAIRES, 1994.

RENCONTRES AVEC LA GRÈCE ANTIQUE, 1995.

ALCIBIADE, 1995.

HECTOR, 1997.

LE TRÉSOR DES SAVOIRS OUBLIÉS, 1998.

LAISSE FLOTTER LES RUBANS, nouvelles, 1999.

LA GRÈCE ANTIQUE CONTRE LA VIOLENCE, 2000.

SUR LES CHEMINS DE SAINTE-VICTOIRE (Julliard, 1987), 2002.

SOUS DES DEHORS SI CALMES, nouvelles, 2002.

UNE CERTAINE IDÉE DE LA GRÈCE, entretiens avec Alexandre Grandazzi, 2003.

L'ÉLAN DÉMOCRATIQUE DANS L'ATHÈNES ANCIENNE, 2005.

LES ROSES DE LA SOLITUDE, 2006.

DANS LE JARDIN DES MOTS, 2007.

LE SOURIRE INNOMBRABLE : SOUVENIRS, 2008.

LES RÉVÉLATIONS DE LA MÉMOIRE, 2009.

LA GRANDEUR DE L'HOMME AU SIÈCLE DE PÉRICLÈS, 2010.

Aux éditions Tallandier

ALCIBIADE OU LES DANGERS DE L'AMBITION, 2008.

Aux éditions Stock

PETITES LEÇONS SUR LE GREC ANCIEN (avec Monique Trédé), 2008.

Composition réalisée par Chesteroc Ltd

Achevé d'imprimer en décembre 2010, en France sur Presse Offset par
Maury-Imprimeur - 45330 Malesherbes
N° d'imprimeur : 161367
Dépôt légal 1re publication : novembre 2007
Édition 03 - décembre 2010
Librairie Générale Française - 31, rue de Fleurus - 75278 Paris Cedex 06

31/2210/8